零細奴隷商人、一人も奴隷が売れなかったので売れ残り少女たちと辺境でスローライフをする

～毎日優しく接していたら、
いつの間にか勝手に魔物を狩るようになってきた。
え、この子たち最強種の魔族だったの？～

[著] 夜分長文

[原案] はにゅう [イラスト] もっつん*

1

CONTENTS

◆◆◆

第一章

CHAPTER 1

「ちょっとそこのお前、奴隷買いたいんだけど。適当に用意してくれないか」

「え、あ、いらっしゃいませ」

ぼうっと椅子《いす》に座り、空を見上げていると急に声をかけられた。

といっても、声をかけられるのは不自然じゃない。

俺の仕事柄、見知らぬ人に声をかけられるのは普通にあることだ。

とはいえ、あまりにも久しぶりだったから焦ったのは確かだけど。

「どの子が欲しいんですか……といっても色々と条件がありますが」

ちらりと後ろに座っている、手枷《てかせ》を付けた少女たちを見る。綺麗《きれい》な衣装を身にまとった三人の少女を見ると、正直手枷を付けているのには違和感を覚える。

しかしながら、彼女たちは俺が販売している奴隷だ。

俺のことをキラキラとした瞳で見てくる。到底奴隷商人に向けるような視線ではない。

ここまで奴隷奴隷と言っているが、俺はそのような言い方は嫌いである。

ともあれ、俺はわけあって奴隷商人をやっていた。

「絶対に食事は与えてください。お風呂も与えてください。部屋も与えてください。それと、何かあったらすぐに病院に連れていってあげてください。その他諸々《もろもろ》書いた書類も用意していますので、それにも目を通していただけると」

隣に置いてあるバッグから書類を取り出し、上から順に読み上げていく。

しかし、文の最後まで到達する前にお客さんが声を上げた。

「はぁ？　なんだそれ。奴隷風情を買うのにそこまでやらせんのかよ」

「いや、奴隷風情と言いますが彼女たちは生きていて心もあって──」

「やっぱいいわ。見た目が良かったから声かけたんだけど、評判通りの商人だな」

「あ、ちょっと！」

久々に来た客だったのに……。

俺が説明をしようとすると、いつもこうだ。

大体「それならいい」と断られる。

彼女たちが俺から離れても、絶対に安全に暮らせるように頑張っているんだけど。

はぁ……やっぱり俺は奴隷商人には向いていないのかもな。

「スレイ！　また売れなかったの？」

「全く、あなたは奴隷に甘すぎるのよ」

「だ、大丈夫ですよ。また、えっと。次がありますよ？」

「……奴隷たちに励まされている奴隷商人なんて聞いたことないよな」

俺は嘆息しながら、椅子に体重を預ける。持っていた書類も適当にバッグの中に押し込んだ。

どうしようか悩んでいると、手枷をしているにもかかわらず嬉々《きき》とした様子で獣人種のミーアが駆け寄ってきた。

「ねね！　こんなことしてないで、また遊ぼうよ！」

「仕事だし……俺もしたくないけど……」

「えぇ～別にいいと思うんだけどなぁ」

「仕方ないじゃない。この人はダメダメ商人なんだから」

「ダ、ダメじゃないですよ！　そ、そんなこと言ったらスレイさんが可哀想《かわいそう》じゃないですか！」

ミーアだけではなく、吸血鬼のイヴにエルフのレイレイにまで励まされている次第である。

いや、イヴは励ましてないな。普通にダメダメって言われてるわ。

はぁ……落ち込む。

肩を落として、また大きくため息を吐いた。

「おいおい！　スレイさんよぉ、また売れなかったのか？」

そんな声が聞こえてきたと同時に、俺の体に一気にストレスが蓄積される。半ば嫌になりながらも、顔を上げた。

「……あんたには関係ないでしょ」

同業者であるオッサン商人が、気持ちの悪い笑みを浮かべながら俺を見てくる。

「いーや。同じ奴隷商人として心配なんだぜ俺ぁよ？」

心配って言いながらも、このオッサン商人が何を言いに来たのかなんて分かりきっていた。

「うーん、やっぱりお前には才能がないんだわ。お前はな、奴隷を奴隷として見てねぇ。ただの商品に情を抱いている大馬鹿《ばか》ってところだもんな！」

「うっせえ。そんなの俺の勝手だろ」

俺は俺のやりたいようにやっている。ただそれだけのことである。

それに、自分が売っている商品を大切にするなんて当たり前のことだろ。

万が一売れたのなら、そこで幸せになってほしいと願うのは当然のことじゃないのか。

「そ・れ・に。お前が扱っている魔族ってやつは商品の価値すらない。全く使えそうには見えねえじゃねえか。身なりだけはきちんとしているようだが、中身がスカスカだ」

そう言って、オッサン商人は後ろに控えているミーアたちを見る。

「魔族に必要なのは力だ。それがないようなら、こいつらの使い道は性奴隷しかないわな。よかったら俺様がそいつらに性の教養とやらを叩《たた》き込んでやろうか？」

オッサン商人が舌なめずりしながら近づいてきたので、俺は立ち上がって突き飛ばした。

好きに喋《しゃべ》らせてやっていたが、そろそろいい加減にしてほしい。

「俺の大切な子たちをそんな目で見るな！　不愉快なんだよ！」

「ああ？　ベテラン商人さんが教えてやろうと言ってるのに、なんだその態度？」

「お前に教えてもらうことなんかない！」

「分かってねえなぁ。それだからいつまでたっても零細商人なんだぜ？　お前の性格とやらが矯正されたとしても、そんな商品じゃあ買い手なんてこねえだろうがな！」

「……本当に不快だ。たっく、今日はもう店仕舞だ。三人とも、帰ろう」

俺はバッグを抱え、オッサン商人を睨《にら》みつけた後ミーアたちを一瞥《いちべつ》する。

「あれ？　もう帰るの～？」

「いいの？　まだ時間はあるけれど」

「だ、大丈夫なんですか？」

「いいんだ。今日は帰ろう」

全く、毎回あのオッサン商人に絡まれて帰っている気がする。

なんなんだよ、あのオッサン。

俺の子たちを全く理解してない。

「おいおい！　今日も逃げるのかぁ!?」

オッサン商人のことは無視して、家へと歩いていく。

いちいち関わっていると、ろくなことにならない。

「やっぱりスレイは優しいね！」

「優しすぎるのよ」

「わたし……嬉しかったです」

「俺は当然のことをしているだけだよ。ごめんな、辛《つら》い思いさせて」

はぁ……今日もまた、この子たちは売れなかった。

いや、内心は売れてほしくないとも思っている節がある。

相変わらず、俺の心模様は複雑だった。

奴隷商というもの自体は国によって認可されている。だが、決して表の商売ではない。

なので基本的には裏路地で商売が行われている。

薄暗い路地を抜け、街の表に出る。

メインストリートを歩いていると、やはり普通の人たちを羨《うらや》ましく思ってしまう。

やはりというか、断言できるのだが奴隷商人ってのは、やっていてやり甲斐《がい》なんて感じることはない。

可能なら、こんな仕事なんてしたくないが……仕方がない。

家に帰宅した俺は、休む間もなくキッチンへと移動する。ごはんの支度をしているのだ。三人にはお風呂に入るよう促し、食材を並べる。

そして、手慣れた手付きで調理。

完成した料理を見て、俺は満足げに頷《うなず》く。

「ごはんできたぞー」

ちょうど三人もお風呂から上がってきたらしい。

声をかけてやると、お風呂場から三人がバタバタと走ってくる。

「ごはん⁉」

「……今日も美味《おい》しそうね」

「美味しそうです！」

目を輝かせた三人ではあるが、俺は少し困りながら顔を俯《うつむ》かせる。

「お前ら……せめて服は着てくれ。目、開けれないんだけど」

ごはんになると、毎回三人は裸で走ってくる。

タイミングがタイミングだから仕方ないのかもだけど、自分たちが女の子だって自覚は持ってほしい。

というか、俺が男だって見られてないのかな？

それはそれで悲しいんだけど。

そんなこんなで、どうにか服を着てもらった三人は嬉々とした様子で椅子に座る。

目の前には俺特製、超絶美味しいカレーが並べられていた。

スパイスや具材にこだわりまくった……って、これはまあいいか。

いただきますと声を揃《そろ》えて言い、俺たちはカレーを頬張る。

「すごく美味しいよ！　やっぱりスレイのごはんは最高だね！」

「だろ？　ミーアは素直に言ってくれるから俺も嬉しいよ」

ピコピコと動く耳を見ながら、俺はくすりと笑う。

彼女が耳を動かしている時は、相当喜んでいる時だ。

「美味しいです！　スレイさんの作るごはんは心がぽかぽかします！」

「レイレイ……泣けてくるぜ」

「美味しいわ。今回は、ぼちぼちってところかしら」

「イヴはイヴで色々と泣ける」

イヴに関して言えばもっと素直になってくれてもいいと思うんだけどな。

吸血鬼ってのは興奮したら目が赤くなる特性がある。

今見てみると、イヴの目は赤く輝いているから興奮しているってことだ。

とどのつまり、超喜んでいると。

全く、素直になればいいのに。

「にしても、今日は大丈夫だったの？」

「え？　別にいつも通りじゃないのか？」

イヴがふと、俺にそんなことを言ってきたので首を傾《かし》げてしまう。

そりゃ、大丈夫かって言われると大丈夫じゃないけど。

いつものことだしな。

一体彼女がどんな意図で言ってきているのか考えながら、口にカレーを運ぼうとした瞬間のことだった。


——ドンドン！


ふと、玄関から荒々しいノック音が響いた。

すると、賑《にぎ》やかだった三人が警戒態勢に入る。

「スレイ！　今日こそ金は用意できたんだろうな!!」

「やっべ……今日が借金返済の期日だったんだった……！」

わけあって奴隷商人をしていると言ったが、理由の一つとして両親が抱えていた借金が俺に回ってきたというのがある。

両親は夜逃げをして、幼い俺に全て託した。

借金額は正直、多すぎて実感できない。かなり理不尽なものだった。

更に、三人には良い生活をしてもらうために、俺は多額のお金が必須だった。

奴隷商とは別で仕事をして、お金は稼いでいたのだが……彼女たちに尽くそうとすると借金なんて返済できなかった。

というか、普通に返済しようとしても、俺がお金を稼ぐよりも早く借金は膨らみ続ける。

そして、最終的に「この日までに返さないと首が飛ぶぞ」と言われていた。

それが――今日だった。

オッサンに気を取られていたせいで完全に忘れていた。だからイヴが気にかけていたのか……。

どうする……お金なんてねえし。

戦うにしても、俺は全く力なんてない。

三人は魔族だから戦えるかもしれないが、実力なんて一切知らない。

よし――逃げよう。

両親と同じことをするのもあれだが……今は逃げる以外選択肢はない。

「ミーア、イヴ、レイレイ！　向こうの窓から外に出よう！」

「逃げるのっ？」

「あたし、戦うけど」

「わ、わたしも！」

三人は戦うつもりでいるらしい。

でも、彼女たちが戦えるとは思えない。

なんてったって、魔族とは言っても非力な少女たちだ。

「怪我《けが》したらヤバいだろ。それに……逃げないと俺の首が飛ぶ」

ヒヤリと流れる汗を拭《ぬぐ》い、反対側の窓へと走る。

よし、見た感じこっちには来てないっぽいな。

「早く開けろ！　たっく、仕方ねえな！　無理やり開けるぞ！」

「やっべ……早く行こう！」

窓から身を乗り出し、どうにか外へと脱出する。

息は上がっているが、まだどうにか走れる。

「……ハァ。三人とも大丈夫か？」

「わっとと。私は問題なし！」

「あたしも大丈夫」

「わ、わたしも！」

後から出てきた三人を確認した後、俺は正面にある森を見る。

ここを抜けた先に小さな街があるから、そこで馬車に乗って遠くに逃げよう。

「走れ!!」

返済期日

そう言って、俺たちは暗がりの中を走り抜けた。

◆

「物資を運ぼうとしてたら、まさか人間と魔族が乗ってくるなんてなぁ」

「ほんとすみません」

俺たちはどうにか街へとたどり着くことができ、更についでだからと荷物を運ぶ馬車に無料で乗せてもらえた。

人間の温かさを久しぶりに感じている。

「よかったね！　馬車に乗れて！」

「本当だよミーア。それに二人とも、無理させちゃってごめんな」

「いいのよ別に。気にしないで」

「だ、大丈夫ですよ！」

全く、俺は保護者として失格だよ。

まあ……これで借金取りもしばらくは俺のことを見失うだろう。

いっそのこと、諦《あきら》めてくれたら嬉しいんだけど。

「にしても、お前さん。こっちも急いでたから伝えなかったが、乗る馬車間違えたかもしれないな」

「乗る馬車を間違えた？　え、この馬車ってどこに向かっているんですか？」

「この国の地獄って呼ばれてる、辺境アリビア男爵領だよ」

「え……嘘《うそ》でしょ？」

「アリビアってなんだか綺麗な名前だね！　ね、スレイ！」

ミーア、呑気《のんき》なのは君だけだよ。

イヴとレイレイは知っていたのか、苦笑していた。

そう、御者さんが言っている通り――アリビア男爵領はこの世の地獄。

魔物に溢《あふ》れ、領地は枯れ果て、領民は荒くれ者ばかり。

俺は勢いに任せてこの馬車に乗ってしまったが、どうやら地獄行きのチケットを握りしめてしまったらしい。

終わったかもしれない。

馬車内はガタンゴトンと揺れて車輪が軋《きし》む音がする。揺れる体に身を任せながら、俺は天井を仰いでいた。

これからどうしたものか。

バッドエンド――最悪の結末を避けることができたかと思っていたのだが、実際は地獄への片道切符を握ってしまった。

生き残れるのか……？

閉じたまぶたを手で撫《な》でる。

少し隙間《すきま》を開けて、ちらりと三人を覗《のぞ》いてみた。

「楽しみだね～」

「まあ、楽しみって捉えるのも大切かもね」

「わ、わたしはすごく怖いんですけど……」

レイレイ以外呑気なものだ。

本当に大丈夫なのだろうか。

「お前さんらはここら辺で降りな。領地の首都まで行っちまうと、普通に初見の人間は襲われるからな」

馬車が止まると同時に、御者さんの声が聞こえる。

俺は立ち上がって運転席を覗き込んだ。

「あの……でもこの辺りも魔物が多く出るって聞いてるんですけど」

「人間に襲われるか、魔物に襲われるかの違いだ。どっちにしろ死ぬ可能性はあるが、まあ魔物の方が安全だろう。見たところ、お前さんは魔族を連れているようだしな」

「それは……」

この子たちが戦えるか、と言われると俺には分からない。

戦う機会がなかったから当然と言えば当然。

まあ……魔族だからある程度戦闘能力はあるだろう。

魔物に勝てる見込みは全くもって不明としか言えないけれど。

「それじゃあな。ま、死にはしないでくれよ。俺も気分が悪いからな」

「あ、ありがとうございました」

去っていく馬車に頭を下げて、俺は嘆息しながら額を押さえる。

これからどうしたものか。

逃げてきたはいいものの、何も考えていなかった。

まず住処《すみか》がない。

こんな森の中なんだ。宿もないだろうし、というかあったとしても金もないし。

「にしても……不味《まず》いな」

外がだんだんと暗くなってきた。

これ以上日が沈むと全く動けなくなってしまう。

行動できるうちに動かないと、最悪な事態は避けられない。

「スレイ。もしかして住処とか探してるの？」

「ああ。どっか空き家でもあればいいんだけど」

困り果てていると、イヴが肩を突いてきた。

長い間一緒に暮らしてきたからか、俺の気持ちもなんとなく察してくれるようになったようだ。

「ふーん。分かった」

そう言うと、イヴの目が赤く光る。

暗闇の中、線を描きながら光がちらつく。

「あー！　イヴって吸血鬼だもんね！　スレイ知ってる？　吸血鬼の目ってすっごいんだよ！」

「ですです！　どんなものでも見透すんですよ！」

「マジか……イヴ。なんか見えた？」

尋ねてみると、イヴがこくりと頷く。

「小屋みたいなのを見つけた。多分、こんな場所だから空き家だと思う」

「おお！　本当か！」

こんなこともできるのか。

吸血鬼の目って優秀だ……！

「でも魔物も見つけた。多分、空き家を住処にしてるんだと思う」

「ま、魔物!?　それは普通に不味いな……やっぱり無しにするか。いや、でもな……」

悩んでいると、ミーアが目の前までやってきて遠くの方を見据えた。

ぐっと足を引いて、ちらりと俺の方を見る。

ピコピコと動く耳は、魔物がいたという方向に向けていた。

「私、戦えるよ！」

そう言うと、イヴとレイレイがミーアの隣に並ぶ。

「あたしも戦える」

「わ、わたしもです！」

「いやいや……絶対無理だって。もちろん君たちを信用していないってわけじゃないけど、相手は魔物だよ？　平気で殺しにくるよ？」

正直、三人が心配だ。

俺のことを気にかけてくれるのは嬉しいけど、やっぱり無理をしてほしくない。

もしこれで彼女たちに何かあったら、俺は一生後悔することになると思う。

「でも、選択肢はない。それはスレイも分かっているよね？」

「イヴ……それは分かってるけどさ」

「わ、わたしもイヴさんと同じです。選択肢はもうありません」

「私もそう思うな！」

選択肢は、確かにない。

俺たちが今、できることは戦うか逃げるかの二択。

どちらにしても、死ぬ可能性は否めない。

「分かった。それじゃあ、俺も頑張る」

俺は腰に下げていたナイフを手に取り、すうと息を吸い込んだ。

「一緒に、戦おう」

「おう！　いいねいいね！」

「良い判断ね」

「です！」

やるっきゃない。

覚悟決めろ、俺！

「んじゃ、魔物狩りといこうじゃないか！　準備オーケー！　行くぞ！」

瞬間、左右にいた三人の目が光る。

俺が一歩踏み込んだ瞬間には、三人は俺の何十歩も先を進んでいた。

「ええ!?　あんなに走れるのか!?」

思わず動揺してしまう。

こんなに速く走れるって……魔族のことを勘違いしていた。

というか、俺が知らなすぎるってのもあるのか。

彼女たちには限りなく、人間と同じ生活をしてもらっていたからな。

「ってか!!　もう見えなくなったって！」

ぜえぜえと息を切らしながら、必死で走る。

しばらく走っていると、やっと空き家らしき影が見えてきた。

「遅すぎる！　もう終わったよ？」

「全く、ダメダメね」

「あはは……先、やっちゃいました」

そこには、倒れた数多くのゴブリン。

そして嬉々とした様子でいるミーアと、呆《あき》れているイヴ。苦笑しているレイレイの姿があった。

「ええ……？　嘘だろ？」

あの一瞬で、魔物を倒したってのか？

蹂躙《じゅうりん》という言葉が一番似合うだろう。

正直半信半疑だったが、倒れているゴブリンたちを見て納得しないという選択は残されていなかった。

「君たちって……そんなに強かったのか？」

俺は愕然《がくぜん》としながら彼女たちに尋ねる。

「別に強くないよ！　だってゴブリンだもん！　ね、イヴ、レイレイ！」

「そうね。ゴブリン程度、あたしたちの敵じゃないわ。雑魚《ざこ》よ雑魚」

「わたしの場合……あまり自分に自信を持っているわけではないですが、弱い方だと思います」

ゴブリン程度敵ではない？

うーん、全く分からない。

冒険者業なんて興味がなかったから、魔物については詳しく知らないし。

冒険者ではない一般市民としての目は、魔物＝全部強くて怖いってイメージだ。

ともかく、ゴブリンってのはそこまで危惧するほど強い存在じゃなかったってことか。

自分の中でとりあえず納得がいき、こくりと頷く。

「でもお前らすごいな！　さすがは俺が誇る奴隷……いや、もう違うな。これからは家族だ」

もう俺は奴隷商からは足を洗おうと思っている。

そもそも、奴隷業なんて嫌いだったし、彼女たちを売りたいとも思っていなかった。

そりゃ仕事だからある程度やっていたが、客に提示していた最低限の条件も彼女たちを愛するばかりにハードルが高いものになっていたし。

借金取りからも逃げたし、もう家族ってことでいいだろう。

「家族!? 初めて言ってくれた！ いいねそれ！ 家族家族！」

「家族……」

「そう、家族だ！ 俺たちはもう、自由に暮らしていこうじゃないか！」

ミーアは耳を嬉しそうに動かし、イヴは目が赤く光っている。

ふふふ、喜んでくれているようだ。

「わ、わたしたちが家族でいいんですか？」

そんな中、レイレイだけが不安そうに聞いてきた。

まあ、彼女は自分に対して自信が持てていない。

俺は昔から大丈夫だって言っているのだが、なかなか前は向けないらしい。

「大丈夫だよ。別に気にすんなって。もう奴隷とかそんなの、関係ないんだからさ」

もう関係なんてない。

奴隷業から足を洗うと決めたんだ。

「これからはスローライフでもしようぜ。ああ……こんな土地だけど。それと逃げたから借金取りに怯《おび》えるのは変わらないけど」

そう言葉を並べてみると、一切スローライフを楽しめる要素がない。

我ながら、これでよくスローライフをしようだなんて言えたな。

けれど、三人は目を輝かせながら頷く。

「いいねいいね！　スローライフしようよ！」

「まあ、楽しみじゃないってわけじゃないかも」

「わたしでよければ……してみたいです！」

喜んでくれているのを見て、俺は少し嬉しくなる。

というか、ほっとした。

心のどこかで、拒絶されるかもしれないと思っていたからだ。

こんなことを言っているが、俺は彼女たちを奴隷と言っていたから。

もちろん、名目上だけれど。

だからといって、俺は悪くないとは思っていない。確かに、俺はそう言ってしまっていた事実があるのだから。

とはいえだ。

「よし！　そうと決まればお前たちに聞きたいことがある！」

腰に手を当てて、下をちらりと見る。

「ゴブリンって美味しいと思う……？」

問題点第一。

食料がない。

問題点第一から致命的であった。

「食べられるよ！　というか、基本的に何でも！」

「まあ……ミーアだしな……」

「なにそれ⁉　何か変なこと言った⁉」

彼女は獣人。

自然界で生きている獣人種は基本的に狩りを生業《なりわい》としていて、何でも食べると聞いている。

でも、あれか。獣人種と人間って見た目同じだし、わりと食えるものかもしれない。臓器だって
……多分変わらないよな？

「あ、あなた……もしかして本当に食べようとしてるの？」

「イヴ、俺は覚悟できた」

「ねえレイレイ？　あなたは違うわよね？　ゴブリンを食べようだなんて、考えてないわよね？」

イヴが震えながらレイレイに助けを求める。

「エルフの国では珍味として食べられてましたし……わたしは大丈夫です」

「嘘でしょ⁉　……ねえ、スレイ？」

普段はクールなイヴが珍しく涙目を浮かべている。

ふふふ……可愛《かわい》いところがあるじゃねえか。

俺は微笑《びしょう》を浮かべ、そんな彼女を励ますように肩を叩いてあげた。

「ごめんね」

「スレイ⁉」

「ああ……静かにした方がいいぞ。魔物が近づいてくるかもしれないし」

「どうして冷静なのよ……本当。いつもはダメダメなのに、こんな時に限って覚悟決めちゃって……」

すまないイヴ。俺はもう生きるために覚悟はできているんだ。

「また明日、まともなごはんを探そうな」

「うっうっ……高貴な純血であるあたしが……」

「しゃーないって。許してくれ……？」

今、イヴなんて言った？

高貴な……なんとかって言ったよな。

聞き取れなかったのだが……まあ別に大したことでもないか。

「よし。それじゃあ調理でもするか」

「はーい！」

「う、うん！」

「うっうっ……」

ミーアとレイレイの元気な声と、悲しげなイヴの声が夜に響いた。

◆

「あたし……もうダメ。汚れちゃったわ……」

「そう落ち込むなってイヴ。別にゴブリンを食べたくらいだろ？」

「そうだよ！　美味しかったじゃん！　ね、レイレイ？」

「美味しかったです！　やっぱり珍味なだけありますね！」

しゃがみ込み、ひくひくと泣いているイヴを囲いながら俺たちは声をかけ続ける。

ちなみにゴブリンは美味しくいただいた。

エルフの国の珍味と言われるだけあって、意外と味はしっかりしていた。

もちろん抵抗はあったが、生きるためだ。仕方がない。

ついでにミーアには気合いの火起こしをしてもらい、明かりも確保。

空き家もあるから、これでひとまず今日は助かった。

「もうダメ……汚れたからお嫁に行けない……」

「そこまでじゃないって。お前ならゴブリン食べたってお嫁に行けるから」

嘆息しながら肩をポンポンと叩いてやると、涙目で俺のことをじっと見てくる。

……なんだ。なんだこの無言の圧は。

「責任取ってよね」

「へ？」

「話は以上。もういい」

「待て待て！　どういう意味だ!?」

すっと立ち上がり、空き家の中へと入っていくイヴ。

いやいや、だから責任取ってってどういう意味で言ってるんだ⁉

「うわー。とりあえず今日は我慢だけど、明日は掃除しないとね」

「イヴ！　だからどういう意味――」

瞬間、イヴの目が赤く輝く。

顔を近づけてきて、じっと俺の瞳を覗き込んでくる。

「これ以上乙女に言わせないでよね？」

「は、はいぃ」

こっわ……何故《なぜ》か全く体が動かなくなったんだけど。

これがイヴの能力……もろに食らったら何もできなくなる……。

怒らせないようにしよう。うん、彼女の言っていることも一度忘れよう。

「楽しそうだね！」

「ミーア、これが楽しそうに見えるのか……？」

「だってお嫁さんになるってことでしょ？　あ、でもでも私も負けないよ！」

「……わたしも」

「え、ええ……⁉」

二人の発言を聞いて、一気に頬が熱くなるのを感じる。

しかし、すぐに頬の熱さは冷たさに変わった。

背後から圧力を感じたのだ。

「お二人とも？　とりあえず明日のこと、これからのことを考えない？　ね、スレイもそう思うでしょ？」

振り向けねえ。怖くて俺、後ろ見れねえよ。

とりあえず、振り向かずにこくりと頷いた。

「分かった！　イヴって頼りになるね！」

ミーア、お前はもう少し色々と考えた方がいい。

お兄さん心配だよ。

「た、大変ですね」

「レイレイは分かってくれるか……」

「分かります！　もちろん！　コレデコウカンドアップ……」

なんか小声で聞こえたぞ？

全く聞き取れなかったけど、流れ的にあまりよろしくない発言をしている気がする。

まあいいか。これ以上考えてもイヴに殺されるか、無自覚なミーアに殺されるかの違いである。

空き家の中に入ると、小さなランプにミーアが火を灯《とも》していた。

魔物の住処ということもあって、決して綺麗とは言えないが以前住んでいたであろう人間が残した物資がわりと残っている。

これなら掃除をすれば、ここを拠点にするのも不可能ではないだろう。

床に腰を下ろし、四人でランプを囲う。

「とりあえず食料調達はあたしがするってことでいいわよね。これだけは譲れないから」

「もちろん構わないよ。そっちの方がイヴも安心だろうしさ」

でも大丈夫だろうか。

女の子一人で……ゴブリンは倒すことができたかもしれないが、他は別だろうし。

「あとあと！　ここら辺危ないから、皆で魔物とか倒そうよ！　絶対楽しいよ！」

「あたしも賛成」

「わ、わたしも！」

「えっと……危なくないか？　今回はゴブリンだったからどうにかなったかもしれないが、基本的に魔物って危ないよ？　もう少し考えた方が――」

一応、言うだけ言ってみる。あまり意味のない質問ってのは分かりきってはいるんだけど。

しかし、三人は口を揃えて。

「「「絶対大丈夫」」」

「うーん……でも……」

やっぱり心配である。

彼女たちに万が一のことがあったら、俺は死んでも死にきれない。

「大丈夫！　私たちが勝手にやっちゃうよ！」

「心配しないでも、あたしたち強いわよ？」

「あまり自信はありませんが、多少は戦えます」

「勝手にって……むむ!?」

俺が反論しようとすると、ミーアが口を塞《ふさ》いできた。

「とりあえず決定！　今日はもう寝ようよ！　眠たーい！」

「そうね。今日は休みましょ」

「わたしも疲れました……」

そう言って、ミーアとイヴが俺の隣に並んでくる。

肩を当てて、俺に体重を預けてきた。

「おいおい……もしかして俺にもたれかかって寝る気か？」

「うん！　おやすみ！」

「…………」

イヴは無視かよ。

「ず、ずるい」

レイレイは羨ましそうな目で見てきてるし。

はぁ……振り回されてばっかだな。

嫌じゃないけどさ。

「もういいや。それじゃ、おやすみ」

レイレイがミーアの隣に寝転んだのを確認した後、俺はランプの火を消した。

困ったことは一旦明日に持ち越しだ。寝ても解決しないが、一時的に忘れることならできる。

自己防衛自己防衛。

◆

「……頭痛え」

「ごめんね！　私、寝相悪いの忘れてた！」

早朝。俺はミーアの渾身《こんしん》の蹴りによって目を覚ました。

頭にダイレクトアタックした蹴りは見事、俺の脳を揺らした。

もちろんわざとじゃないって分かっている。

でもさ、寝相が悪すぎじゃね。

どう寝たら蹴りをお見舞いできるのさ。

「にしても……あれ？　イヴとレイレイは？」

周囲を見てみるが、二人の姿が見当たらない。

首を傾げていると、ミーアが腰に手を当てて。

「二人は近場を探索してくるって！　私たちは家の掃除！」

「本当に勝手に行ったんだな……心配なんだけど」

「大丈夫だって！　二人は強いんだから！」

しかし、今はミーアの言っていることに頷くしかない。

彼女たちはもう行ってしまったんだし、止めに入るにはもう手遅れだ。

どうにか帰ってくることを祈って、任されたことをするべきである。

それに……最後まで爆睡してたのは俺たちだし。

「家の掃除か。にしても……よくこの中で寝れたよな」

家具はあちこちに転がっているし、ほとんどが壊れている。

ゴミは大量にあるし、これは苦労しそうだな。

俺はふうと息を吐いた後、気合いを入れるために袖をまくった。

よし、やるか。

「なんか掃除道具ないかな……お。あるじゃん」

ほうきとハタキを見つけた俺は、とりあえずミーアにハタキを渡した。

多分、ほうきで床を掃くよりハタキの方がまだ幾分楽だろうと判断したからだ。

「わー！　ありがとう！　頑張るね！」

「おう。頑張ろうな」

ミーアが目を輝かせて、何度も嬉しそうに頷く。

やっぱり彼女の笑顔は可愛いな。

見ていてすごく癒《い》やされる。

それに、綺麗な目をしている。

じっと見ていたからか、ミーアが小首を傾げる。

「どうしたの？　何か顔についてるかな？」

「いや、違うよ。今日もミーアの瞳は綺麗だなって」

「えへへ！　そう言ってくれるのは昔からスレイだけだよ！」

嬉しそうに、また頬を赤く染めた。

彼女の瞳は赤と緑のオッドアイである。

まるで宝石のようで、俺は彼女を引き取ってからずっと好きだった。

「全く、他の奴らは分かってないよね。こんなにも綺麗なのに」

ほうきで床をはきながら、ぼそりと呟《つぶや》く。

心の底から出た、本音である。

ミーアは鼻歌を歌いながら、椅子の上に立って窓辺のホコリをはらっていた。

彼女の過去は悲惨なものと言える。

いや、ミーアだけじゃない。俺が引き取った子たちの過去は、決して良いものではない。

「そう言ってくれるのはスレイだけだよ！　昔なんて、誰も私の目を綺麗だなんて言ってくれなかったし！」

彼女は頬を膨らませて、ぷんぷんと怒った素振りを見せる。

しかし、今こうやって怒る程度で済んでいるのは彼女の優しさがあるからだろう。

「呪いだなんて大袈裟だよね！」

簡潔に言おう。

彼女は呪われている。

いや、正式に言えば呪いじゃない。

世間が、彼女が持つ『オッドアイ』を呪いと言うのだ。

知性がある生物は、普通とは違う性質を恐れる傾向がある。

そして、ミーアはその普通にはなれなかった。

自分が持つ瞳のせいで、迫害されてきたのだ。

「ああ。ミーアは呪われてなんかいない。俺は断言できる」

確かに彼女は一般的に言う普通にはなれなかったのかもしれない。けれど、俺は彼女のことを普通の女の子だと思っている。

普通に幸せを感じて、普通にごはんを美味しいと言う。

退屈なことは退屈だと言って、面倒なことは面倒だと言う。

これが普通じゃないと誰が言えるんだ。

「でも、正直私……自分はダメなんだって、何度か思った瞬間はあったんだ」

ミーアの口調は明るい。これは彼女のいいところだ。

けれど同時に、悪いところでもある。

彼女は無理をするところがあるのだ。無理をして無理をし続けて、最後には限界が来る。

今でこそ、そんなことはないけれど、過去のミーアはそうだった。

「みんなが私のことを忌み子って言うからさ、自信持てなくなったことはあるよ」

彼女の拳に力が入るのが分かる。

こちらからは顔は見えない。けれど、決していい表情をしているわけではないだろう。

「私、普通になれるかな？」

普通になれるか。

その問いに、俺は即答した。

「お前は普通だよ。普通に素敵な女の子だ」

普通の、本当に普通の少女である。

「可愛い可愛い女の子だ」

そう答えると、ミーアが顔をこちらに向けた。

そして、満面の笑みで、

「そうそう！　私ってこんなに可愛いのに！」

言って、ミーアがピースサインを取る。

「こんな可愛い子を集落から追放して、挙句《あげく》の果てには奴隷商が擦《なす》り付け合いって……本当に世間は分かってないよね！」

幸せそうな表情を浮かべている。

相変わらず、彼女の笑顔は素敵だ。

「私、スレイのところに来てから本当に幸せだよ！　私の可愛さを理解してくれる唯一の人だもん！」

「当たり前だろ！　まあ……幸せか。うん、その言葉を聞けて嬉しい」

俺が雑用から奴隷商になった時、誓った事。

周囲が奴隷に対して散々な扱い方をしていて、俺は決めた。

絶対に俺が面倒を見る子たちは幸せにしようと。

なんだか少し、昔の自分の目標が叶《かな》った気がして胸が温かくなった。

俺は掃き作業をやめて、彼女に一歩近づく。

そして、ミーアの瞳を見て微笑を浮かべた。

「こんなにも綺麗な目を持っている子に言われて、俺は嬉しいよ」

「……！　もう、スレイったらダメだよ！」

「ああ……ごめん。ちょっと気持ち悪かったか？」

少しばかり本音が漏れすぎてしまった。

昔話をすると、ミーアが悲しい思いをするかと思ってどこか語りすぎてしまう。

「違う！　もっと好きになっちゃうってこと！」

「あはは。嬉しいよ。まあ、俺みたいな男なんてやめとけよ。ミーアになら、もっといい人がいると思うからさ」

「もう！」

「おう!?」

突然、ミーアが頬を真っ赤にしてハタキを俺の顔面にもふもふしてきた。

思わず変な声が漏れてしまい、ホコリでゲホゲホと咳き込んでしまう。

「私はスレイが一番なの！　一番～！」

「わ、分かった！　分かったからもふもふはやめて！」

叫ぶと、ミーアが「むー！」と言いながらやっとやめてくれた。

彼女の耳がいつも以上にピコピコと動いている。

「ホコリまみれだ」

俺は咳き込みながら、顔や服に付いた汚れを払う。

「いつもスレイがそんなこと言うからだよ！　もっと自信持ってよ！」

「持ってるというか、ミーアを思っているからだな……」

「……もう！」

彼女の言っている通り、俺も自信を持たないとかもだな。

ミーアと俺が釣り合うかって言われると、俺は自信持てないけど。

それでも、ここまで言ってくれるのならそれ相応に頑張らないとダメだと思う。

「そういうところも、大好きだけどね！」

「……ありがとう。嬉しい」

素直に嬉しかったので、俺は思わず口角が緩んだ。

「さてさて！　早く掃除しないとイヴたちに怒られちゃう――」

「そうだな……ってどうした。急に固まっちゃって」

ミーアが一点を見つめて、全く動かなくなったので心配になる。

なんだなんだと視線の先を探ると……奴がいた。

黒い悪魔、通称Gである。

「スレイィィィィ!!」

泣き叫びながらミーアがこちらに抱きついてくる。

「うがぁ!?」

思い切り肘が顎《あご》に当たり、一瞬意識が持っていかれそうになった。

どうにか意識を引っ張り、ミーアを抱きしめる。

「お前……無理なんだな」

「この子は専門外!!」

涙目を浮かべているミーアを見ながら、俺はほうきでGを外に誘導していった。

まあ、こんな場所だからあいつも出てくるか。

「こ、怖かった……」

「ミーアがそこまでなるって相当だな……」

彼女にも苦手なもの、あるんだなぁ。

というか、これで先程までしていた話なんて全て吹っ飛んだ。

でも……嬉しい気持ちは変わらない。

「とりあえず片付いたな。これでひとまずは生活できると思う」

「めっちゃ綺麗になったね！　後は壊れた家具を直すくらいかな？」

「そうだな。それさえすれば家に関しては終わり……だけど」

俺は眉をひそめて、窓の方を見る。

「近場を探索してくるって言ってたわりには遅すぎないか」

俺たちが活動し始めて、軽く一時間は超えている。

近場の探索なんて、三十分と少しあれば十分だろう。

「確かにそうかも……でも大丈夫だと思うよ？」

「心配だ。ちょっと俺行ってくるよ」

「あ！　ちょっと！」

やっぱり勝手に行動させるのは間違っていた。

クソ……はっきりと言っておけばよかった。

俺は唇を噛《か》み締めながらドアノブに手をかけようとする。

瞬間ドアが開き――。

「ただいまー。ごめん、ちょっと遅くなったわ」

「ただいまです……って、スレイさんどうしました？」

そこには平然とした二人が佇《たたず》んでいた。

「おかえり！　遅いよー！」

ミーアも当たり前かのように挨拶《あいさつ》をしている。

いや、待て待て待て。

イヴとレイレイの後ろに倒れているの、あれって魔物だよな？

「二人とも、その後ろに倒れているの魔物だよね？」

「ああ。あれはイノシシが魔物化したやつね。普通のイノシシ。あ、それと水も汲《く》んできたわよ」

「水は嬉しい。超嬉しいけど待って。普通のイノシシだって？　にしては大きすぎない？　牙ものすごく成長している気がするんだけど」

「ちょっと大きいイノシシよ。ね、レイレイ」

「そうです。これで今日は食べ物に困りませんね！」

「そ、そうなのか？」

よく分からないが、彼女たちが言っているならそうなのだろう。

この様子だと、彼女たちの方が魔物とかの知識がありそうだし。

めちゃくちゃ大きいけど、ただのイノシシなんだなぁ。

呆然《ぼうぜん》と眺めていると、レイレイがこちらに近づいてきた。

上目遣いで俺の方をじっと見てきている。

「普段のお礼に……と思って。嬉しいですか？」

それはダメだって。反則だよ。

我ながらあまりにも可愛くて頭を撫でてしまう。

「ありがとう。でもあんま無理はすんなよ？」

「ふふふ……嬉しいです」

なんだこの生命体……こんなに可愛い子が存在していいのか。

最高の癒やしである。撫でるのやめらんねぇよ。さながら子犬のようで、ワシャワシャ止まらないよ。

「…………」

「もちろんイヴもな！」

むすっとしているイヴの頭に手を乗せると、赤く輝く目が俺を睨めつけてきた。

「ふんっ！」

もちろん、こいつがめちゃくちゃ喜んでいるのは知っている。

もう少しオープンになってもいいと思うんだけどなぁ。

なんて思っていると、不意にイヴが眉をひそめる。

赤く輝く瞳が線を描き、背後に振り返る。

「どうしたイヴ？」

「人間が近づいてきてる」

「人間……って嘘だろ!?」

俺は咄嗟《とっさ》に撫でるのをやめて、頭を抱える。最悪だ。本当に最悪だ。

普通の土地なら別に驚くことではない。

なんなら、嬉しいくらいだ。

しかしここ、アリビア男爵領は違う。

荒くれ者たちで形成されている領地では決して喜べることではない。

死亡宣告となんら変わらない。

「武器も持ってるわ。一人はマチェット、もう一人は斧《おの》」

言いながら、唇に指を当てて唸《うな》る。

「敵意も感じる……もしかして見られたかしら」

探索中に遭遇しちまったってことか。

それにイヴとレイレイ、ミーアもそうだが身なりは綺麗にしてあげている。

ぱっと見では、どこかのお嬢様に見えなくもない。

そんな彼女たちがぶらついてたら、狙わないわけがない。

「隠れるのは……今からじゃ無理ね。接敵は不可避ってところかしら」

接敵は避けられない。

なるほど、かなりのピンチってわけか。

「ここはあたしたちで対処しましょ。ミーア、レイレイ。準備」

「もっちろん！」

「ま、任せてください！」

彼女たちに任せればもしかしたら——いや、ダメだ。

彼女たちは、これまでたまたま弱い相手と戦ってきたから大丈夫だっただけ。ずる賢い人間相手だと、万が一のことがありえる。魔物とは違うんだ。

「俺にも手伝わせてくれないか」

そう言うと、三人が驚いた表情を見せる。

「危ないよ！」

「危険だわ」

「う、うん！」

心配してくれるのはありがたい。

なにしろ俺は生憎と彼女たちと違って戦闘スキルがない。持っているのは小さなナイフだけ。

正直言って、本格的な装備を持った敵と相対したら速攻で天国か地獄にご案内されるだろう。

「違う違う。不甲斐ないけど、俺が戦うってわけじゃないんだ」

「なら何？」

イヴが腕を組んで、訝《いぶか》しげに尋ねてくる。

俺は指をピンと立てて、口角をあげた。

「指揮を取らせてくれ。俺が三人に指示を送る。俺は戦えないけど、無駄に戦いの知識はあるんだ」

こっちは訳ありで奴隷商を無理やりやらされてきたんだ。

そこにたどり着くまでに、どれほどの事件に巻き込まれたことか。

戦闘はできないが、戦略は知っている。

「俺に賭けてくれないか……？」

正直、こんなやつの指揮なんて信用度は皆無である。素人同然なのだ。

でも、相手はこれまで戦ってきた魔物じゃない。

確かな知性を持った人間だ。

ずる賢い人間相手にやりあうのは、仕事柄慣れている。

「私はいいよ！　スレイに従う！」

「わ、わたしも！」

ミーアとレイレイが手を挙げる。

こくこくと頷き、俺をキラキラとした目で見てきた。

「イヴはどうだ？」

「任せるわ。対人間の場合、人間であるスレイが指示を送ってくれた方がうまく運ぶ気がする」

「そうこなくちゃ」

俺はニヤリと笑い、小窓から外を覗き込む。

「イヴ。敵の距離は？」

「三百とちょっとかしら」

「三人とも、心の準備は？」

振り返って聞いてみると、三人は静かに頷いた。

◆

「ここいらで見たんだぜ。上物の女をよぉ！」

「本当かよ？　でも本当なら大儲《もう》けだぜ」

「マジだって。こっちに向かってたんだ」

二人の男は、ヘラヘラと笑いながら武器を構えていた。

瞳には殺意がこもっている。

少しでも反抗したら、無理やりにでも——と考えている様子だった。

「そろそろ——」

瞬間、男に冷や汗が流れた。

ゴツン、と鈍い音がする。

音がした方を見れば、ナイフが木に深く突き刺さっていた。

二人の頭と頭、その隙間を狙って放たれた一撃に対し、動揺を呈した。

◆

「ナイスだミーア」

俺は木陰から少しだけ顔を出して、ミーアが放った一撃が想定通りの場所に着弾したのを確認する。

作戦ナンバーワン。

突然の攻撃によって相手を動揺させる。

成功。

「相手は動揺してる。三人とも、作戦通りに動いてくれよ」

俺はくいと腕で合図を送り、体勢を低くする。

三人は合図と同時に、木々の陰を走り抜けていく。

作戦ナンバーツー。

俺が死ぬ覚悟をする。

「うおおおおおおおおお!!」

木陰から飛び出し、男たちに突っ込む。

もちろん相手は武器を持っている。下手をすれば、現状武器を持っていない俺なんて一振りで殺せるだろう。

「な、なんだ!?」

「うお!?」

しかし相手はミーアから放たれたナイフによって、かなり動揺していた。

俺が素人同然の突撃をしたって対応できないくらいには。

斧を持っていた男に渾身の突撃を食らわし、一緒に地面へと倒れ込む。

男は咄嗟の攻撃に反応できず、思わず斧を手から離した。

心臓はバクバクと早鐘を打っている。しかし今は冷静でいなくちゃいけない。

「作戦……成功ぉぉぉ!!」

転がった斧を必死で掴《つか》み、胸に抱きかかえたまま地面を回転する。

「おい!?　大丈夫か!?」

「っ……てめえ！　突然何を――」

作戦ナンバースリー。

女の子三人による華麗なる襲撃。

「動かないでね！」

「少しでも攻撃しようとしたら、体から血が流れちゃうかも」

「う、動いたら死んじゃうかもですよ」

俺はどうにか体勢を整えて、男たちの方を見る。

すると、案の定男二人はミーアたちによって動けない状態にされていた。

ミーアは斧を持っていた男に馬乗りになり、イヴは投擲《とうてき》したナイフを持って刃先をマチェットの男の首元に当てていた。レイレイは両手で魔法陣を描き、両方の男にいつでも魔法を放てる状態にしていた。

完全に封じ込めたと言っていいだろう。

非力な俺たちでも……どうにかなったな。

「ふう……うまくいって助かった」

持っている斧をコツンと叩いた後、拘束されて動けない男たちに近づく。

「マチェットの方、申し訳ないけど武器を捨ててくれると助かるな」

「は……！　てめえ――」

マチェットの男が動こうとした瞬間、ナイフが首元に当たる。

「ひっ……」

男は怯えながら、恐る恐る武器を地面に捨てた。それをレイレイが急いで回収する。

「お前らの目的は、たまたま見かけた女の子から金の匂《にお》いがしたからそれを奪おうとした――んで、武器を持っているってことは傷つけようとしていたってことだよな」

尋ねると、二人の男は黙る。

震えながら、静かに頷いた。

「俺たちはお前らと敵対したいわけじゃない。今日のところは退《ひ》いてもらえるか」

「命だけは……！」

「す、すみませんでした！」

二人は泣きそうになりながら、必死で平謝りする。

「だから別に殺そうとなんてしてないよ。とりあえず退いてくれるだけでいいんだ」

「は、はいぃ！」

「すみませんでしたぁぁ！」

よし。この様子だと、もう敵意は感じられないな。

武器も持っていないし、完全に怯えている様子だから解放してやってもいいだろう。

「三人とも、一旦解放。もちろん注意してな」

「分かった！」

「了解」

「は、はい！」

彼女たちが解放してやると、男たちはすぐさま逃げようとする。

「まだ帰っていいって言ってないわよ」

イヴが二人の首根っこを掴み、無理やり引き止める。

男たちは完全に萎縮したのか、震えながら振り返った。

そう、俺たちは聞いておくべきことがある。

「ごめん。お前たちってここ近辺の村から来たのか？」

一度、尋ねておこうと思った。

荒くれ者の集団しかいない領地ではあるが、共存せずに生活するなんて不可能だろう。

向こうから来てくれたんだ。

せっかくならばコミュニケーションを図ってもいいかもしれないと思ったのだ。

「そ、そうです！　アリビア第三村から来ましたぁ！」

「第三村……名前はないのか？」

「名前は『第三』です！　昔からそう呼ばれてます！」

「へぇ。ちなみに、提案。今回の件を見過ごす代わりに、村長と話をさせてもらえないか？」

「ボスとですか……！　そ、それは」

「お願いできるかな？」

「も、もちろんですぅぅ！　あの！　地図をご用意しますね！」

そう言って、男はポケットから取り出した紙に地図を描く。

申し訳なさそうにしながら、俺に手渡してきた。

「もしボスから許可が下りれば空砲でお知らせしますので！　そ、それでは！」

「すみませんでしたぁぁぁ!!」

悲鳴を上げながら、男二人は逃走していった。

ま、作戦は上出来ってところか。

それに。

「どうなるかと思ったが、オマケもついてきたしな」

俺は手渡された地図を見ながらニヤリと笑う。

にしても。

「よく生きてたな俺」

正直、死ぬ覚悟はできていた。

うまくいくとは思っていたが、最初のナイフを投げた時点で相手が怯《ひる》まなかった場合を考えると恐ろしい。きっと俺がボコボコにされている途中に、ミーアたちが参戦してどうにか助かるというルートになっていたに違いない。

「さすがスレイ！　作戦勝ちだね！」

「いい作戦だったと思うわよ」

「かっこよかったです！」

「ははは……本当にうまくいってよかったよ」

頭をかきながら、俺は胸の奥底から安堵《あんど》する。

「イケメンで優しくて～それに頭もいいなんて私の旦那様にぴったり！」

「何言ってんだお前――うおっ⁉」

ミーアが俺に向かってダイヴしてきて、そのまま地面に押し倒されてしまう。

その際に思い切り背中を打ったせいで、声にならない悲鳴が漏れる。

「何やってるのよ……」

「羨ましい……」

「んなこと言う前に助けてくれ……」

「スレイ～！」

うう、死ぬ。

俺は勝利を収めたというのに、ミーアに押し倒されて泣きそうになりながら地面で悶《もだ》えていた。

◆

家の前の庭にて。

無事帰還した俺たちは、少し遅めの昼食の準備をしていた。

食材はイヴたちが狩ってきたイノシシである。これまでの生活を振り返ると、かなりサバイバルなごはんであるが、まあ悪くない。

こういうスタイルもなかなか趣があって好きである。

俺は目の前にあるミーアが気合いで起こした火に、イノシシの肉を近づけながらぼうっと呟く。

「そういえばイノシシなんて食ったことなかったな」

狩りを生業にしている人間はよく食べていると聞いていたが、俺なんて全く関係ない仕事をしていたし。

とはいえ、魔物化したイノシシを狩る狩人がいるかと言われたら分からない。

ともなれば、この魔物化したイノシシを食べるという行為自体はわりと珍しいことなのかも。

なんか魔物ばっか食べてるな。

まあ、この環境だから仕方ないけど。

「あたしもイノシシは初めてね。最初は嫌だったけど、レイレイが実質豚みたいなものだからって理由で狩ってきたのよ」

「品種としてはイノシシも豚も近いものですからね。イヴさんには我慢してもらわないと」

しかし、イヴは不満げである。

木の枝に刺さったイノシシ肉をぶらぶらと揺らしながら、頬を膨らませる。

「はぁ～……スレイが作るカレーが食べたい」

「あれ？　俺の作るカレーってイヴにとっては微妙なんじゃなかったっけ」

ぼそりと呟いた言葉を聞いて、俺は少しからかうように指摘する。

するとイヴの目が赤く輝いて視線をこちらから逸らした。

「イノシシより、断然カレーがマシってこと！　勘違いしないでほしいわ！」

俺は知っている。

お前が俺のカレーをものすごく食べたいってことを。

全く、隠すのが苦手なんだからオープンにしちゃえばいいのに。

ツンツン娘は困っちゃうな。

「少しは素直になればいいのにさ……っと」

ちょうどイノシシの肉が焼き上がったので、口の中に放り込んでみる。

おお……やっぱ実質豚ってこともあって全然食えるな。

雰囲気こそ違うが、どことなく豚を感じる。

「美味しい！　もちろんスレイのカレーには断然負けるけどね！」

「まあ、ぼちぼちってところ」

「美味しいです！」

とりあえず皆も満足しているようだし、狩りをしてきてくれたイヴとレイレイには感謝しないといけない。

危ないことは避けてほしいけど。彼女たちがいなかったら今頃ごはんにはありつけてなかっただろうし。

あ、そうだ。

一応もう一回確認しとくか。戦闘をしていた際は彼女たちも必死だっただろうから、聞こえていなかったかもしれないし。

「そういえば、村のボスに挨拶がしたいって言ったじゃん」

「怖がりなスレイにしては珍しいことを言っていたわね」

イヴがストレートに俺のことをディスってくる。

確かに俺が怖がりだってのは本当だけども。

「一応、近くの村とは関わりを持っておいた方がいいかなって思ってさ。多分、近々行くことになると思うから、その時は……申し訳ないけど護衛として付いてきてもらってもいいかな？」

もちろん、彼女たちが襲われる可能性があることを考えると悪手かもしれない。

しかしながら、家で留守してもらうってのもかなりの危険性がある。

なんたってここは環境が最悪だ。

人数がいるからといって、女の子三人で待たせるのは心配である。

なら、一緒にいてもらった方が断然良いと思ったのだ。

「もちろんいいよ！　護衛とか面白そうだし、人間たちとも話してみたいな！」

ミーアは案の定目を輝かせた。

ただ……何も考えていなそうなのが心配だけど。

「あたしも構わないわ。何かあったらぶっ飛ばすだけだし」

「わ、わたしも！　スレイさんの役に立てるなら頑張ります！」

二人も納得してくれたらしい。

これで満場一致ってことでいいかな。

「許可が下りたら空砲で教えてくれるらしいから、それまでは待機だな」

言いながら、俺はぐっと背筋を伸ばす。

そして、家の方をちらりと見て唸る。

「家具とかもヤバいし、寝る場所も正直ヤバい。許可が下りるまでの間、なんとか快適に暮らせるように色々と頑張ってみようか」

周囲の環境も最悪だが、現状だと家の環境も最悪だ。

家と呼んではいるが、一般人から見たら家とは到底呼べないだろう。

今こそ我慢してもらっているが、これがずっと続くってなると彼女たちのストレスは計り知れないものになると思う。

それだけは避けなければならない。

「わ、わたし手伝いたいです！　工作とか、ちょっと興味あります！」

「レイレイ気合い入ってんな。手伝ってくれるなら歓迎するよ」

「それじゃあミーアとあたしは素材集めしてくるわ」

「いいね！　私も周辺見てみたいかも！」

「よし、んじゃ決定だな」

俺はそう言って、イノシシの肉をかじった。

しばらく談笑した後、俺たちは早速本題に入る。

食事の後片付け……と言っても木の枝を焚《た》き火の中に放り込んで処理するだけの作業なんだけど。

パンと手を叩き、前を見る。

「とりあえず今できることといえば、壊れた家具をどうにかするのと……ボロボロのブランケットをどうにかすることくらいか」

「そ、そうですね！」

言いながら、俺は掃除する時に端へと追いやった家具に近づく。

まあ、状態は悪いが素材を調達すれば直せないこともないな。

しかし道具がない。何か工作道具があれば助かったんだけど。

「道具を探している感じですか？」

「そうだね。道具があれば後は簡単なんだけど」

少し困りながら答えると、レイレイはうむむと唸る。

「家の裏にある物置とかって探しましたか？」

レイレイが指を立てて、小首を傾げてきた。

「物置……え、そんなのあるのか？」

「あ、あります。探索に出かける時、ちらっと家の裏を見た時に見つけました」

「……マジか！　ワンチャンあるかもしれないな！　さすがはレイレイ、頼りになるよ！」

「ほ、本当ですか？　……嬉しいです」

そう言うと、何故か長くとんがった耳の先が赤くなる。

あれ……もしかして照れてるのかな？

ふふふ、やっぱり俺の子は可愛いな！

「……！」

じっと見ていると、レイレイが慌てて両耳を隠した。

やばい、見てるのバレたか。

さすがに女の子のことをじっと見るのは気持ち悪いよな。

「あ、赤くなってましたか？」

「いや、ちょっとぼうっとしてただけだよ」

「そ、そうですか」

どこか安堵した様子で、レイレイは胸を撫で下ろした。

やっぱり照れていたのかな。

可愛い！　圧倒的可愛さ！

いや、待て待て。

男にじっと見られていたわけだぞ？

もしかしたら単純に俺に見られて嫌だっただけかもしれない。

そう考えると悲しくなる……あまり気にしないようにしよう。

気持ちを切り替えるのも兼ねて、咳払いをしてから物置があるだろう場所へと案内してもらう。

家から出て、裏へ。

「本当だ。多分ここ、物置だな」

家とは別に、また小さな小屋が設置されていた。

こんな場所があったとは。

普通に見落としていた。

「早速物色しようかな……ってあれ」

入ってみようかと、扉に手をかける。

「全く動かない。歪《ゆが》んでるのかな」

見たところ、しばらく放置されているような雰囲気がある。

ボロボロだし、扉が壊れていても不思議ではないか。

「あ、あの。わたしが試してみてもいいですか」

「いいけど……大丈夫？　怪我しない？」

純粋に心配である。

特にレイレイなんて細身だし、万が一転んだりして怪我したらと思うと恐ろしくて仕方がない。

彼女が引き戸に手をかける。

もしものことがあっても大丈夫なように、背後で待機しておくことにする。

よし、いつでもこい。

勢いよく後ろに転んでも俺が受け止めてやる。

「え、えい！」

――ガコン！

ミシミシと音が鳴る――ってレベルじゃない。

あれほど動かなかった引き戸が勢いよく開いた。

嘘だろ……男の俺が本気で開けようとしても開かなかった扉を簡単に……？

「開きましたよ！」

「すごいな……さすがはレイレイだ！」

「えへへ、嬉しいです」

今日発生した戦闘でも、可能な限り力を使わない手法で勝った。それこそレイレイに関して言えば魔法陣を脅し代わりに使っていただけである。

一体その細身の体のどこから力が湧《わ》いてきているのだろうか。

実はもしかしてこの子たちって俺が思っている以上に強かったりするのかな。

「どうしました？」

「いや、なんでもない」

多分気のせいだろう。

扉を開けることができたのも、たまたま何かが噛み合っただけな気がする。

彼女たちは魔族であるが、それと同時に普通の女の子である。

そりゃ、めちゃくちゃ強い魔族だっているだろう。しかし……長い間彼女たちと生活していても、そんな片鱗《へんりん》すら見たことがない。

なんて考えていると、知らぬ間にレイレイが小屋の中へと入っていた。

俺も慌てて背中を追いかける。

「だいぶホコリっぽいな」

物置なだけ、色々と物はあるようだがどれもがホコリだらけだ。ぱっと見では、それが何かすら特定するのは難しい。

あまり乗り気はしないが、ホコリを払いながら物品を探る。

「なんか使えそうなものあるか？」

呟き込みながら尋ねてみると、

「あ！　裁縫セットがありましたよ！」

と、元気な声が返ってきた。

振り返ってみると、満面の笑みで道具を持っていた。

「マジか！」

これがあればボロボロのブランケットはどうにかなるな。

「やっぱりレイレイは偉いなぁ」

「ふふ、頑張りました」

本当に頑張って探したようで、肩とか手がホコリまみれになっている。

せっかく綺麗なのにもったいないな。

気になって仕方がないので、そっとホコリを払うことにした。

「よし。これでホコリは大丈夫だな……ってどうした？」

ふと顔を上げてみると、完全に体を硬直させたレイレイの姿があった。

耳も真っ赤である。

「ご、ごめん！　気持ち悪かったよな！」

思わず払ってしまったが、よく考えれば普通にアウトである。

なんせ、彼女は年頃の女の子だ。

男の人が急に体を触ってくるなんてもってのほかだろう。

「全然大丈夫です！　嬉しいというか、めちゃくちゃ嬉しいというかニヤニヤが止まらないというか、えっとえっと！」

手をぶんぶん振り回しながら、レイレイが後ずさりする。

おいおいおい、本当に大丈夫か。

「あ！　工具もありました！　これで家具も直せますね！　は、早く戻りましょうか！　家の方から音もしましたし、えっとえっと。多分イヴさんたちも帰ってきてると、えっと、思います！」

「お、おい！」

レイレイはそう叫びながら、物置から飛び出していった。

一人残された俺は、若干反省する。

やっぱり年頃の女の子は難しいなぁ。

後で謝ろう。

もしこれで「スレイさん……ごめんなさい。ちょっと」って言われたら死ねる。

というか普通に死ぬ。

「ていうかレイレイ荷物全部忘れていってるじゃん」

俺は置かれている工具も回収し、急ぎ足で家へと向かう。

扉を開ける際に少し躊躇《ちゅうちょ》したが、別にレイレイの様子は至って普通だった。これで拒絶されてたら死んでた。危ない危ない。

「おまたせ……ってどうしたの？　二人ともなんか息切れしてるわね」

「ちょ、ちょっとな」

「別に気にしなくても大丈夫です！　はい！」

「ああ、そう？」

困惑した様子のイヴに、俺たちは笑顔で答える。

なんていうか、説明しろって言われても難しい。

というか、説明したら終わりな気がする。

レイレイも話をしたいわけじゃないらしいし、ここは甘えて黙っておくことにしよう。

「素材持ってきたよ！　木材とか、木材とか！」

「木材しか取れなかったわ。まあ、森の中だしね」

二人の後ろには丸太がごろんと転がっていた。

木材しか、と言っているが全然これでも大丈夫である。

「ありがとう。んじゃ、工具もあるし早速直すか」

俺は工具箱から道具を取り出して、ふうと息を吐く。

「あ、裁縫道具あるじゃん！　ねね！　私裁縫やっていい？」

ミーアはレイレイが持っていた裁縫道具を見つけたのか、目を輝かせながら聞いてきた。

「お前……裁縫とかできるの？」

正直、ミーアが裁縫をするなんて想像できないんだけど。

なんというか性格的に違う気がする。

「できるよ！　多分！　だから安心して！　多分！」

「多分を二回も言った！　絶対できないやつじゃん！」

「絶対に安心してよ！　多分絶対多分問題ないから！」

「どっちなんだよ！」

わいわい騒いでいると、レイレイが苦笑しながら間に入る。

「わ、わたしが付き添います。これ以上ブランケットが大変なことになったらと思うと心配ですし

「……」

「レイレイ手伝ってくれるの⁉　よし、それじゃあ一緒にやろう！」

まあ……彼女が手伝ってくれるのなら問題ないか？

彼女たちが裁縫をしているのを見たことはないが、ミーアよりかは断然できそうである。

「それじゃああたしたちは家具を直そうかしらね」

「だな。イヴは壊れた家具を外に持ち出してくれ」

言って、俺は工具箱を持って外に出ていく。

とりあえず丸太を加工して、使えるようにするか。

ノコギリを取り出して、いそいそと丸太を切り始める。

「……遅いわね」

「そりゃ、遅いわな」

家具を持ってきたイヴが、退屈そうに聞いてきた。

仕方がない。なんせ人力なのだ。

魔道具とかがあれば別だろうが、そんなものはない。

「スレイ、ここは任せてちょうだい。あたしがやる」

ギコギコと腕を動かしていると、イヴが俺からノコギリを取り上げる。

「できるのか？」

「大体、どんな部品がいるのか分かったし大丈夫よ」

言って、イヴが丸太に近づく。

すると、爪が一瞬伸びたかと思うと素早い速度で丸太を加工していった。

ええ……なんだそれすげえ。

吸血鬼ってそんなこともできるのか。

「何じっと見てるのよ」

「いや、ちょっとすごいなって」

「当然のこと。それじゃ、素材渡すから家具の方頼んだわ」

「おう。任せとけ」

俺はイヴから素材を受け取って、工具を手に持つ。

さて、ここからは俺が活躍する場面だ。

まずは机。

こいつは脚の部分がダメになってしまっている。

腐食した脚を取り外し、新しい脚を取り付ける。

あまり工作をした経験はないため、決して見た目がいいわけじゃないけど使えないことはないはずだ。

「やるじゃん」

「でも見た目は悪いけどな」

俺は続けて、椅子の修理に入る。

こいつは座る部分が大きく腐食している。

このまま座ってしまえば、大怪我まったなしだ。

一度椅子を解体し、新しく組み立てていく。

……よし。これで大丈夫なはずだ。

「イヴ、試しに座ってみてもらえるか」

「大丈夫？　これ、座った瞬間に後ろにこけたりしない？」

「大丈夫だって。俺を信用してくれ。多分大丈夫なはずだ」

「多分って……いいけど」

イヴは嘆息しながら、椅子にちょこんと腰を下ろす。

「大丈夫そうね。座り心地もいいわ」

「そうか！　よかった、役に立てたな」

俺はふうと胸を撫で下ろす。

「それじゃあ中に家具を運ぶとするか。多分、今頃ミーアたちも終わっている頃だろうし」

「そうね。運ぶの手伝うわ」

俺たちは家具を持って、家の中に運んでいく。

中へ入ると、やはり裁縫は終わっていたらしい。

ただ、レイレイは汗だくでぜえぜえと肩で息をしている。

「スレイ！　裁縫できたよ！」

「おう。ありがとうな。……で、レイレイはどうした？」

「ぼ、暴走を……止めるのが……大変でした……」

「あー……お疲れさまです」

大体察することができた。

ブランケットを見てみると、何回か直した跡が残っている。

大変だったんだな。

しかし……何度も修整したにしては綺麗だな。もしかしてレイレイってこういうのが得意だったりするのだろうか。

「わぁ！　家具直ってるね！　これで座れる！」

運んできた椅子にミーアが嬉々とした様子で座る。

足を揺らしながら、小刻みに肩を揺らしていた。

「スレイすっごいね！　こんなこともできるんだ！」

「別にすごくないけどな。それよりも、満足してくれたようで嬉しいよ」

「うん！　満足満足！」

喜んでくれたようで何よりだ。

俺も頑張った甲斐《かい》がある。

「…………」

隣を見ると、黙っているイヴの姿があった。

「イヴもありがとな」

「……っ！　べ、別にどうってことないわよ！」

また目を赤くしてる。

やっぱりもう少し素直になってもいいのになぁ。

◆

家具やブランケット、その他諸々修理したおかげでだいぶ快適になってきた。

何かを作るのは大変だが、今までの生活を思い出してみると今の方が幾分か楽しく送れていると思う。

実際、三人とも楽しく暮らせているし。

やっぱり人間らしく生活してほしいって思っている部分もあるから、少し申し訳なさもあるけれど。

「ミーア……お前絶対わざと俺に向かって蹴りを入れてるだろ」

「わざとじゃないよ！　ごめんね！」

俺は今日もミーアの蹴りによって目を覚ました。毎回毎回ご丁寧に頭を狙っている。

今の生活は大好きだけど、毎朝ミーアの蹴りによって起きるのは不満だ。

「ご、ごはんできてます！」

「できてるわよ」

頭をかきながら、平謝りするミーアと相対していると奥の方から声が聞こえてきた。

あれ、そういえば俺が毎回ごはんを用意していたから初めての経験だな。

誰かにごはんを用意してもらうなんて何年ぶりだろう。

少しばかり感動しながら、ミーアを引き連れて机を置いている部屋へと向かう。

「スレイさんと違って器用なことはできないので、イノシシのお肉ですが……」

「いや、十分嬉しいよ。二人が作ってくれたんだろ？　ありがとうな」

「……ふん」

「そう言ってもらえると嬉しいです！」

昨日取ってきた木材の余った素材で作られただろうお皿に、巨大なお肉が乗っている。

朝からお肉だなんて、普通に贅沢《ぜいたく》だな。

狩人とかは普段、こんな食事を取っているんだろうけれど。

俺たちは席につき、それぞれ食事を取る。

うん、やっぱり美味しいな。

特に調味料とかは使っていないから、お肉本来の味がする。

「そういえば、スレイが言ってた近くの村のボス……だっけ？　あれってどうなったのかなぁ？」

ミーアが肉をかじりながら、尋ねてきた。

「あー。第三村のことな」

「そうそう、第三村！　なんか不思議な名前してるよね！」

「不思議な名前というか、少し気味が悪いわね。少なくとも普通の村じゃなさそうだけれど」

「まあそう思って当然だわな。俺も普通の村だとは思っていない。多分、組織的な集団に近いと思っているよ」

村長と話をしたいって聞いたら、ボスがどうだかって答えていたし。

普通、村長は村長って呼ぶだろうし、ボスなんて回りくどい言い方はしないだろう。

「実際襲ってきましたし……覚悟はした方がよさそうですね」

「まあ、危険性が高いのは間違いないと思う」

戦闘せずに済むのならそれが一番だが、やはり不安なものは不安だ。

もう一度あのような戦い方をしろって言われても、できるかどうかなんて分からないし。

でも、三人を守るためなら少しだけ勇気は持てる。

もし、彼女たちに危害を加えようとするなら絶対に許さない。

「……！」

イヴがちらりと窓の方を見た。

瞬間、バンっと破裂音が響いてきた。

「お呼び出しか」

イヴがいち早く反応するのすごいな、と思いつつ机から立ち上がる。

俺は近くに置いてあったナイフを腰に下げ、ふうと息を吐く。

「場所は分かっているの？」

「もちろん。地図も貰《もら》ってるしな」

地図を広げてみると、イヴたちが覗き込んでくる。

「意外と近いね！」

「なるほど……だから人が近くにいたんですね」

「ああ。この森を抜けてすぐってところだね」

これほど近ければ、人間に見つかってしまうのにも納得が行く。

御者さんもいちいち村の場所なんて把握していないだろうから、今回のアクシデントは避けようがなかった。

まあ、それもプラスの方向に持っていければ問題ない。

これでも商人をやっていたんだ。

ある程度の交渉には慣れている。

「んじゃ向かうか。俺から離れないようにな」

「分かった！」

「了解しました」

「スレイ、あたしたちも何かあったら戦うからね？　絶対大丈夫だから」

「少し心配だけど、万が一何かあったら頼んだよ」

心配なのには変わりないが、彼女たちの力も今は必須だろう。

簡単な魔物の討伐はできているから、ある程度戦えるはずだ。

姑息な人間相手だからどこまで通用するか……ってのが問題だけど。

前回と違って、今回は相手の本拠地に行くわけだ。数だって二人とかそういう次元ではないだろう。

もし大人数で襲撃されれば、俺たちは一巻の終わりだ。

……まあ、前回あれほど怯えさせたんだから問題はないと信じたいが。

俺たちは家を出て、地図を見ながら村まで歩き始めた。

俺はというと、この周辺の土地勘はないので探索しているミーアたちに確認をしながら進んでいる。

しかし、この森って相変わらず不気味だな。

木々のせいで、少ししか日光が入ってこないし。

――ガサッ。

どこからともなく、音が聞こえてきた。

風が吹いたとかではなく、明らかに生物が動いた音である。

「どっかに魔物がいるのか……！」

俺はナイフを引き抜き、周囲を見渡す。

どこだ、一体どこに……。

「くんくん。あ、こっちだね！」

「見つけた」

「やりましょう」

俺が焦っていると、冷静な声音が隣から聞こえてきた。

「見つけたのか――っ!?」

瞬間、ミーアとイヴが地面を蹴って草木の中に飛び込む。

レイレイはその場で、無詠唱で何か魔法を放った。

「え……？」

一瞬であった。

「終わり！　ハイウルフだった！」

「あたしたちを狙うなんて甘いわね」

「ふう、終わりですね」

嘘だろ。

姿どころか、場所すらも俺では分からなかったのに。

あの一瞬で討伐したのか……？

「あれ、どうしたのスレイ？」

ミーアが不思議な顔で聞いてくる。

「い、いや。なんでもない」

ちょっと待て。

もしかして俺が勘違いしているだけで、やっぱりこの子たちめちゃくちゃ強いんじゃないのか？

彼女たちの実力が一体どんなものなのか、俺はほとんど把握していなかった。

もちろん、多少は彼女たちはできる子だと認識していたが、人並みだと思っていた。

だから、彼女たちでもできそうな作戦を俺はあの時考えたんだ。

けれど……こんなの見せられたら、やっぱり最強なのではないかと疑ってしまう。

でも三人は当然のことだって言うからな。

分からない。分からないままだ。

「そろそろ第三村だね」

「んあ。あ、もうか」

悩んでいると、イヴが隣から声をかけてきた。

考えながら歩いていると、時間の経過ってのは早いものだ。

木々も次第に少なくなってきて、開《ひら》けた場所までやってきた。

「ここが第三村か」

目の前には、多くの家屋が建っている村があった。

こんなにも大きい村だとは思っておらず、少し驚いてしまう。

「すごい！　建ってる家、みんな同じ形してるね！」

「ふ、不思議な村ですね！」

確かに、言われてみれば家屋はほとんど同じ形をしている。

多分、村独自のルールでもあるのだろう。

「おいてめえら！　一体何者だ！」

村の景観を眺めていると、数人の村人が武器を構えてこちらを睨めつけてきた。

というか、よく見てみれば村人のほとんどが武器を所持している。

……やばい場所に来ちゃったかもしれない。

「お、落ち着いてください。俺たちは許可を貰ってここに来ているわけで……」

慌てながら、村人たちに説明しようとする。

客人が来るってことくらい事前に説明しておいてほしいところだったんだけど。

「一体誰から許可を貰ったんだ？　ああ？」

「ボ、ボスから？」

「嘘つけ！　てめえらみてえな弱っちい奴らがボスから許可を貰えるわけがねえ！」

やっぱり納得してくれないか。

というか、これ絶対ヤバい状況だよな。

俺たちは四人。

相手は五人以上。

あ、これ死んだか？

どうしよう、めっちゃ怖い。

やっぱり帰りたくなってきた。

「ふははは！　こいつ、怯えてやがるぜ！」

「笑えるな！　無様すぎて、腹が痛えわ！」

「さっさとぶっ倒して、金目の物は奪っちまおうぜ！」

「そうしようそうしよう！」

やばいやばい。

普通に不味い状況になってきた。

俺は慌ててナイフに手を持っていくが……ダメだ。

あの時みたいに戦える自信がない。

今回は圧倒的に不利なのである。

「こんな無様な男についてくる女どもは可哀想だぜ！」

言いながら、村人たちが俺に向かって武器を突きつけてきた瞬間のことだった。

俺は思わず目を瞑《つむ》り、死を覚悟したのだが。

一切、痛みなんて走らなかった。

通常なら、相手が持っていた槍《やり》で一突きにされていたはずなんだが。

「え……？」

恐る恐る目を開けると、槍が目の前で停止していた。

「ねえ。私の旦那様を今、馬鹿にした？　殺そうとした？」

ミーアが鋭い視線を向けながら、槍を掴んでいたのだ。

「俺様の槍を素手で……ひっ⁉」

「あたし、スレイに責任を取ってもらうって約束しているんだけど。勝手に殺そうとしないでもらえる？」

槍を持っていた男の背後には、イヴが立っていた。

鋭い爪を首元に当てて、冷たい視線を向けている。

「な、なんだこれ……体が動かねえ！」

「何が起きてんだ……体が重い……」

「立ってらんねえぞ……！」

他の男たちは、地面に突っ伏しながら悲鳴を上げていた。

ちらりと隣を見てみると、レイレイが何かの魔法を発動しているようだった。

「こういう戦闘、苦手なんですけどね」

レイレイがすっと、手を振り下げると、更に倒れている男たちに負荷がのしかかる。

完全に動けなくなった男たちは、悲鳴を上げることもできずに呻《うめ》いていた。

「どうなってんだ、これ」

この現象が発生したのは、本当に一瞬。

俺が目を瞑り、ちょっと後に開いたらこうなっていた。

と、とにかくだ。

「三人とも、もう大丈夫だ！　多分、こいつらにはもう敵意はない！」

そう叫ぶと、三人は不満そうにこくりと頷いた。

ミーアは掴んでいた槍をへし折り、イヴは嘆息しながらこちらに戻ってくる。

レイレイは少し躊躇しながらも、魔法を解除した。

男たちは、やっと自由になった体のありがたみを噛み締めながら、涙目で俺たちのことを見る。

「お前ら……何者なんだ……！」

「強すぎるだろ……！」

肩を揺らしながら、叫んでくる。

「その前に、スレイに謝ってよ」

「謝りなさい」

「謝罪を求めます」

俺が固まっていると、隣から冷たい声が響いてくる。

「ひっ!?　す、すみませんでした!!」

「勘弁してください！　謝りますから！」

「本当にすみませんでした!!」

全員が、必死に頭を下げてくる。

「あー……すごいなお前ら」

俺は少し困惑しながら、ミーアたちに聞く。

「スレイのためならなんだってできるよ！」

「まあ、責任取ってもらう前に死なれたら困るし」

「と、当然です！」

やっぱり、俺は何か勘違いしていたのかもしれない。

こいつら、やっぱり只者《ただもの》じゃない。

多分めちゃくちゃ強い。

「全く、スレイに酷いことする人は嫌い！」

「本当に。スレイ、大丈夫？」

「大丈夫ですか？」

ミーアは俺に槍を向けてきた男を睨めつけて、怒りを露《あら》わにしている。

イヴとレイレイは俺のことを心配して、声をかけてくれていた。

「俺は全然大丈夫。ごめんな、心配かけちゃって」

本当に俺は彼女たちに助けられてばかりだ。

主人とかそういうのはもう関係ないけれど、それでも一緒に暮らしている家族として申し訳ない。

まあ、とりあえず初手で死ぬ……なんてことは避けられた。

それをまずは喜ぶことにしよう。

「おいおい！　何の騒ぎだ！」

この後の処理を考えていると、奥から複数人の男たちが走ってきた。

そりゃ、こんな騒ぎを起こしたら誰かが慌ててやってくるよな。

「って……あなたは！　すみません、うちの者が何かしましたか!?」

「あ、お前はあの時の」

俺たちが奇跡的に追い払うことができた、マチェットの男がいた。

惨状を見るなり、顔を真っ青にして駆け寄ってくる。

「ちょっと襲われちゃいまして」

「な、なんだって!? てめえら！ 今日は客人が来るって連絡していただろう!!」

男が慌てた様子で周囲に倒れている人間を怒鳴りつける。

「確かに聞いてたけどよ、まさかこんな弱そうなやつらだとは思わなくて！」

「なんたって男一人と女三人だぜ!? こんなやつらにボスが許可を出しただなんて思わねえだろ！」

男たちが必死で弁明をしようとする。

「そんな口を叩くなら勝ってからにしろ！ 実際負けてんだろてめえらは！」

「す、すみません！」

「失礼しました！」

マチェットの男が叫ぶと、泣きそうになりながら人々が散っていく。

ふう……来て早々騒ぎに巻き込まれたが、どうにかなったか。

「今回はうちの者が失礼しました！ 今後はそのようなことがないよう教育しておきますので……！」

「大丈夫です……って今更敬語を使うのも違うか。大丈夫だよ。それよりも、許可が下りたんだね」

「はい！ それほどまでに強い人間がいるなら、ぜひ連れてこいとボスが！」

「えっと。それって『強い人間がいるだと!? そんな奴ら、直々にぶっ倒してやる』とかそんな意図ってあったりしません？」

なんか言い方的に、行ったらボコボコにされそうな気配がするんだけど……。

ある程度覚悟はしているが、戦闘続きは心臓に悪い。

「いえ！　どちらかと言えば、ぜひ会いたいと喜んでおりました！」

「そうなんだ。それなら……まあ大丈夫か」

ちらりと背後にいる三人を確認する。

「私は不満だけどね！」

「あたしも」

「もしスレイさんに危害を加えようとしたら……覚悟しておいてください」

あまり納得がいっていない様子である。

万が一、ここのボスと揉《も》め事になったら住みづらくなるから俺が注意をしておかないとな。

「それではご案内します！　こちらです！」

マチェットの男が平謝りしながら、くるりと踵《きびす》を返す。

そして、村の奥へと歩き始めた。

俺たちも倣《なら》うように、彼の背中を追って歩く。

にしても、本当にこの村の景観は不思議だな。

「この村って同じ建物が並んでるけど、何か取り決めでもあるの？」

「はい！　敵が攻め入ってきても、自分がいる場所がどこか把握しづらくするためだと！」

「なるほど。それは確かに効果がありそうだ」

これほど似たような建物が並んでいるのだ。

敵が攻めてきても、時間稼ぎはできるだろう。

実際、奥に進めば進むほど自分がいる場所が分からなくなってくる。

案内人がいないと、間違いなく迷っていたところだろう。

「なんだか不思議な場所だね！　ここにいる人たちはスレイを狙うから嫌いだけど、景観は好きかな！」

先程まで怒っていたミーアであったが、どこか楽しげに街並みを眺めていた。

とはいえ、警戒を解くのにはまだ早いとは思うが。

「ボスの屋敷は……ここです！　ちょっとお待ちを！」

ボスの屋敷とは言うが、他の建物と景観は変わらない。

まあここまで街並みを揃えていて、ボスの家だけ違うと逆に狙われやすいだろう。

そう考えてみると、意外と考えはしっかりしている人なのだろうか。

マチェットの男が扉をノックすると、中から声が聞こえてくる。

「入ってくれてよいぞ！」

あれ……女の子の声だ。

ボスの付き人か何かだろうか。

「大丈夫だそうです！　どうぞ！」

マチェットの男が扉を開けると、中からケラケラと笑い声が聞こえてきた。

床には赤いカーペットが敷かれており、その先には椅子がある。

「ガハハハ！　ようこそルーキー！　待っておったぞ！」

「……え？　あの人がボス？」

そこには、小さな背丈の女の子がいた。

「やあやあ！　妾《わらわ》はボタン！　第三村のボスじゃ！」

「は……え？」

開いた口が塞がらないとはこのことだろう。

ボタンと名乗る少女はガハハと笑いながら、椅子の上に立つ。

腰辺りまで伸びた黒髪を揺らしながら、ニヤニヤとこちらを見てくる。

「なんじゃ。その不思議そうな目は」

「いや、なんでもないです！　ちょっと驚いただけで！」

ダメだダメだ。

ここで変な印象を持たれては今後に関わってくる。

とりあえず無難そうな感じに……。

「ちっちゃいね！　可愛いー！」

「この子がボス？　本当に？」

「ああ……ちょっと二人とも。怒られますよ……」

おいちょっと待て。

お前ら、普通初手でそんなこと言うか⁉

相手は村のボスだぞ！

しかも普通の村じゃない。

荒れに荒れた人たちをまとめているボス。

そんなのを敵に回したら……俺の首がまた飛ぶ危険性が！

「ガハハ！　可愛いじゃろ！　妾、可愛いからのぉ！」

「ええ……」

どこか満足げなボタンさんを見て、少し困惑してしまう。

この返答で問題なかったのか。

「ところで、お主らが妾の部下たちをボコったのじゃろ⁉」

そう言うと、目を輝かせながら俺の目の前へと走ってくる。

顔をぐっと近づけてきて、何度も聞いてきた。

「ああ。えっと、俺がまぐれで撃退しました」

「謙遜《けんそん》するな！　妾の部下は鍛えておるからな、まぐれで勝てるような相手じゃないわ！」

そ、そうなのだろうか。

俺はたまたま勝てたって思っていたんだけど、彼らって意外と強かったのかな。

「ところで、お主……スレイじゃったか。お主が考えていることは分かっておるぞ！」

そう言いながら、ボタンさんが決めポーズを取る。

本当に元気な子だなぁ。

あれ、というか俺って彼らに名乗っていたっけか。

うーん、記憶にないが知らないうちに言っていたのだろう。

「第三村と仲良くしたいんじゃろ？　さすがに個人で生活するには、ここじゃと難しいからの」

「ええ……はい。すごいですね。俺が考えていること、全部筒抜けだ」

まだ何も説明していないのに、ボタンさんは全部知っているようだった。

もしかして俺の情報がどっかで漏れているのか？

いや……そんなのありえないと思うけどな。

「ふふふ！　ともあれ、お主らのような強い相手は妾たちも歓迎じゃ！　仲良くしてやってもよいぞ！」

ボタンさんは俺の背後にいるミーアたちを指さしていく。

「ケモミミが獣人。クールなのが吸血鬼。耳が尖《とが》っておるのがエルフ！　うむ、妾もこやつらに興味があるしな！　なんたって、彼女ら全員がレアキャラじゃからな！」

レアキャラ……そうなのだろうか。

もちろん、彼女たちのことを俺は特別だと思っている。

でも、レアキャラって世間的に言われるほどだろうか。

まあ褒めてもらえるのは嬉しい。

「私に興味を持つなんていい趣味だね！　好き！」

「ミーア……お前はなんか軽いな」

どこか興奮しているミーアに、俺とイヴ、レイレイは苦笑する。

まあ、一番怒っていたミーアが納得してくれたので俺的にはいいかな。

「歓迎の証に今夜は泊まっていくがいい！　妾、スレイと色々喋りたいからの！」

「お、俺ですか？」

わざわざ、村のボスが俺を指名するって？

「あ、スレイを取るのは禁止！」

「どういうつもりなの？」

「……スレイさんが心配です」

先程まで弛緩《しかん》していた三人に少し緊張感が走る。

「そりゃ気になるじゃろ！　だって、ほれ！」

言いながら、ボタンさんが紙を取り出した。

「……は？」

そこには、俺の顔写真と【指名手配】という文字列が並んでいた。

「指名手配されている人間に興味がないわけないじゃろ！」

嘘……俺、指名手配されてんの？

「うわー！　スレイの顔が載ってる！」

「ミーア……喜んでいる場合じゃないぞ……」

どうして俺、指名手配されてんだ⁉

何か犯罪とかしたっけ？

いや……俺はただの一般人だ。

特に悪いことなんてしていない。

奴隷商だって、国の法律では認められていることだ。

「大量の借金を抱えたまま逃走！　暴力沙汰《ざた》を起こしながら各地を転々としている……と書いておるな！」

「合ってるの大量の借金の部分しかねえ！　後半部分完全な捏造じゃねえか！」

この様子だと、俺のことを指名手配したのは借金取りの野郎に違いない。

クソ……ここまで面倒なことをしてくるのかよ！

俺はボタンさんから手配書を受け取り、じーっと眺めてみる。

うわ、色々と書かれているな。

俺を捕まえた人には賞金をやるってか。

これまた厄介なことをしてやがるな。

ええと、他には。

情報をくれた人にもお金が渡されるのか。

へぇ……。

「ボタンさん。どうして俺のことをじっと見ているんですか？」

「いやな！　妾、お主らの実力を目の前で見たいなぁっと思ってな！」

「はぁ」

「妾の部下たちでドンパチやらせるのも楽しそうじゃが、さすがに可哀想じゃろ？」

「ま、まあ」

「だから借金取りに情報を売った！　今日中にはこの街に来るぞ！」

「はぁぁぁぁぁ!?!?」

とんでもない衝撃が脳内に走り、思わず手配書を破ってしまう。

え、嘘。俺の情報を売ったの？

「あ、貰ったお金はお主に渡すから安心しろ。ほれ、これが情報料じゃ」

「い、いやいや。それは貰いますけど！　それよりも、情報をマジで売ったんですか!?　今日中に来るんですか!?」

「来るぞ！　楽しみじゃな！」

「嘘だろぉぉぉぉぉ!!」

頭を抱え、そのまま膝《ひざ》をついてしまう。

マジか……居場所バレちまったのかよ。

ボタンさんよ……マジでそれはダメだよ。

俺の平穏が……崩れる音がする。

「大丈夫大丈夫！　拳で追っ払えば済む話じゃ！　妾はお主らの力が見たいからの！」

「あまりにも勝手すぎるでしょ！」

「実力見せてくれたら、絶対に妾たちがお主の安全を今後も守ってやると約束するから、な？

ちょっとばかし実力を見せてくれ！」

「ああもう……どうする三人とも？」

後ろを振り返り、三人に確認してみる。

「ぶっ倒せばボタンも色々と協力してくれるんでしょ？　ならぶっ倒そうよ！」

「どちらにせよ、いずれは見つかっていただろうし。早めに決着をつけるって意味ではいいかもしれないわね」

「わ、わたしは……多分大丈夫です！」

「たっく……三人がそう言うならやるしかねえか」

俺は嘆息しながら立ち上がり、腰に下げているナイフを叩く。

よし、覚悟決めろ俺。

「ボタンさん、無茶は今回だけにしてくださいね」

「おお！　乗り気になってくれたか！　楽しみじゃな！」

そう言って、ボタンさんは椅子から立ち上がる。

パタパタと走りながら、扉の方まで向かった。

「村の門から入ってくると思うから案内するぞ！　妾にお主らの実力を見せてくれ！」

「はいはい。はぁぁぁぁ……怖いなぁ」

ため息が止まらない。

「さっさとぶっ倒そうね！」

「ま、頑張りましょ」

「スレイさん……大丈夫ですか？」

覚悟決めろ俺。

大丈夫。もう一度、頑張ろう。

「問題ないよ。多分」

村の門まで案内された俺たちは、ひとまず借金取りが来るまで身を隠そうということになった。

借金取りはボタンさんが誘導してくれるらしい。

俺たちは近くの路地裏で、門前にいるボタンさんを確認する。

「たっく……これから戦うのか」

頭をかいて、腰に下げているナイフに手を伸ばす。

相手は借金取り。言うならば因縁の相手だ。

少しばかり手が震える。

「あ、ボタンが誰かと話し始めたよ！」

ミーアが俺の肩を叩いて、言ってきた。

あれは……知っている顔だ。

俺を追い回していた借金取り——ヤモリだ。

その後ろには……五人くらいいるな。

人数にして六人と相手するのか。

四対六。人数では不利だな。

「あああああ！　スレイたちがおったぞ!!」

ボタンさんが俺の方に向かって叫んできた。

借金取りたちも一斉に俺の方を見る。

はぁぁぁぁぁ。やるっきゃないか。

「行こうか。作戦は三人の実力をある程度見たから、わりと無茶なもんになってるけど大丈夫だよな」

「大丈夫だよ！　ボコるぞぉ！」

「やりますかぁ」

「よ、よし！」

物陰から飛び出し、俺たちは借金取りの方に駆けていく。

ナイフを手に取り、ふうと呼吸をした。

「久しぶりじゃねえかスレイ。会いたかったぜ」

「ど、どうも～借金取りのヤモリさん。俺はあまり会いたくなかったです～」

本音である。

だってこいつらに首を取られそうになったから逃げたわけだし。

「てめえ、よくもまあ逃げてくれたな？　ああ？」

「それは……あなたたちが理不尽な請求をしてくるから――」

「ふざけたこと抜かしてんじゃねえぞコラ！　こっちは妥当な金を請求しているわけだが？　ええ？」

反論しようとすると、俺の胸ぐらを掴んできた。

力の差がありすぎて、俺の体が少し浮いてしまう。

「やっぱダメだわこいつ。今、殺して内臓でも売っぱらうか」

そう言って、ヤモリが奥に控えている男たちに合図を送る。

すると、五人全員が俺に向かって銃を向けてきた。

うわ～……これは終わったかもしんない。

「さよならだ。スレイ――」

なんてな。

瞬間、銃声ではなく金属音が響いた。

「なっ⁉」

「嘘だろ⁉」

「は、はぁ⁉」

「お前らどうした！」

男たちが困惑したような声を上げると、ヤモリが後ろを振り返る。

「銃が……真っ二つに！」

見ると、男たちが持っていた銃が完全に折れてしまっていた。

「スレイに銃を向けるなんて最低！」

「これで勝てると思っていたのかしら」

「……さすがに銃はビビりますけどね」

ミーアの口、イヴの手には銃の断片があり、レイレイの目の前には銃身だけが浮いていた。

本当にやりやがった。こいつら、あの一瞬で銃を破壊したのか。

やっぱ、こいつら只者じゃねえ。

俺が勘違いしていただけで、やっぱりこの三人は超すごいんだ！

「は、はぁ!?　どうなってんだよ……！　スレイが扱っていた奴隷は凡人じゃなかったのか……!?」

そう言いながら、ヤモリは自分のポケットに手を突っ込む。

そして、今度はナイフをこちらに向けてきた。

「は、はは。すげえだろ、俺の仲間」

俺には三人がついている。

ヤモリなんか敵じゃない。

「舐《な》めんな！　ク、クソが！」

叫びながら、俺に向かって距離を詰めてくる。

俺狙いか……まあそりゃ当然だわな。

「死にやがれ――」

刃先が俺の額に当たりそうになった瞬間、金属音が響く。

ピキピキとナイフが軋んだかと思うと、その場でバラバラになる。

「は……？」

ミーアだった。

彼女がナイフを噛み、砕いた。

「なっ!? お前……嘘だろ？」

粉砕されたナイフ片手に、ヤモリは唖然《あぜん》とする。

「勝負……ありだよね」

「おいおい……俺ら借金取りを相手に更に喧嘩《けんか》を売る気か？」

「仕方ないでしょ……そうなっちゃったんだから」

息が上がりそうになりながらも、俺はヤモリに言い返す。

すると、ヤモリが額に手を当ててケラケラと笑い出した。

「こんな馬鹿野郎は久々に見た！ 覚えとけよ……絶対にお前らは許さねえからな。撤退だ、帰るぞ」

「は、はい！」

「分かりました！」

言いながら、ヤモリたちが踵を返す。

は、はは。俺、撃退できたのか？

「三人とも……お疲れ！　やべえな──」

安堵していると、ミーアが抱きついてきた。

うぐっ息苦しい。

「……無事成功ね」

「た、助かりました！」

イヴたちも微笑を浮かべながら、俺に駆け寄ってくる。

ふ、ふう。これでひとまず撃退できたってことでいいんだな。

「助かったぁぁぁぁぁ」

本当に怖かった。

マジで死ぬかと思ったわ。

作戦は相変わらず俺が囮《おとり》になるパターン。しかしながら、彼女たちの実力を信じて、かなり攻めて戦略を取った。三人が全面に出て戦うというもの。

不安でしかなかったが、彼女たちは想像以上の動きを見せてくれた。

「お主やるではないか！　ほんの少し『あれ、あやつら死ぬんじゃね？』と不安になったぞ！」

嘆息していると、ボタンさんも駆け寄ってきた。

というか……ほとんどボタンさんの仕業なんだけどな！

「いい物を見せてもらった！　妾たちも全力でお主らをアシストしよう！　ガハハ！」

めちゃくちゃ笑ってはいるが……こいつ。

「ボタンさんのせいで俺の居場所、完全に割れちまったじゃねえかよぉぉぉぉ!!」

俺の安泰で安全なスローライフが……完全に壊れた。

夢も希望もねえよ。

「うりうり」

「やめろミーア」

「……楽しそうね」

「た、楽しそうです」

「どこがだよ！」

ったく……でも、もう少し頑張ってみようかな。

夢も希望もないって言ったけど、頑張ったら少しは見えてくるかもしれない。

四人で、幸せなスローライフを目指して。

第二章

CHAPTER 2

「飯……美味え！　こんなにも美味しいごはん食べたの久しぶりだ！」

「美味しい！　これ、超美味しいよ！」

「スレイが作るものには劣るけど……美味しい」

「最高です！」

色々とあったが、ボタンさんに気に入られた俺たちは食事に誘われた。

第三村内にある酒場にて、豪華な肉と魚が並べられたテーブルを囲っている。

こんなにも美味しい料理を食べたのは、本当に数年ぶりだ。

「ガハハ！　美味いじゃろ！　妾が雇っている料理人は一流じゃからな！」

がっつく俺を、ボタンさんはケラケラと笑いながら見守る。

「でも、情報を売られたって考えると全く釣り合わねえ……」

ボタンさんの興味本位で、完全に俺たちの居場所は把握された。

向こうはいつでも俺たちを仕留めに来られる状況にある。

「仕方ないではないか！　すまん！　お金も渡したし許してくれ！」

「許すよ！　ごはん美味しいし！」

「ミーア……だからお前は軽いんだっての」

嘆息しながらも、美味しい食事を口に運ぶ。

今後の不安も、ギリギリごはんが美味しいおかげで絶望までは行っていない。

まあそれも気持ちだけの話だけれど。

「それで、俺たちはやることやりましたし、ちゃんと協力関係になってくれるんですよね?」

「もちろんじゃ! 妾に何でも言ってくれてよいぞ!」

ガハハと笑いながら、ボタンさんは腕を組む。

小さい体躯《たいく》のせいで、安心感はあまりない。

どちらかと言えば不安ばかりが募っていく。

「んじゃあいいかな……ギリギリ相殺《そうさい》された感じか」

借金取りに場所が把握されたとはいえ、村のボスを仲間にすることができたのは大きい。

こんな感じだから不安でしかないが、多少なりとも守ってくれるだろう。

それに色々と援助してくれるのなら、俺としては助かる。

「にしても、本当に面白いメンツじゃな! 獣人は特殊個体。吸血鬼は純血のようじゃし……エルフの方は希少種か! よくもまあ人間がこんな魔族を引き連れておるものじゃな!」

「……え? 特殊個体……純血……希少種? この子たちってそんなにすごいんですか?」

「お主、知らずに一緒にいたのか?」

「知らなかったです」

「こやつら、なんか強くね? とか思わなかったのか?」

「あ、それは心当たりあります」

「じゃろ？　そいつら、化け物たちの集まりじゃ」

「三人とも……マジ？」

食事を取っている三人の方に顔を向けると、苦笑しながらレイレイが頷く。

「逆に今まで気がつかなかったのがすごいですね……」

ええ、マジか！

やっぱりこいつらすごかったんだな！

ちょっと誇らしい……と同時に俺、そんな子たちと一緒に暮らしてたと考えるとヤベえな。

「奴隷のことを何も知らない元奴隷商……ガハハ！　なんじゃそりゃ！　そんな奴隷商が存在するんじゃな！」

「だって……あまり詮索《せんさく》するものでもないかなって」

なんたって彼女たちは訳ありだ。俺が彼女たちと出会った経緯も特殊なものだった。

それで正体、個性、その他諸々を聞こうとは思えない。

「お主が連れてる子らは別に気にしておらんと思うがの？」

ボタンさんがちらりとミーアの方を見る。

パクパクとごはんを食べながらも、三人はこくこくと頷く。

「別に気にしないよ！　というか、どうして聞かないのかなって不思議に思ってた！」

「まあ……そうね。これでよく私たちを売ろうとしてたなって思う」

「そ、そこがスレイさんのいいところですけどね！」

「ほらの？」

別に気にしないのか。

俺が少し気にしすぎていたのかもな。

というか、三人の能力を全く知らないのに売ろうとしていたなんて、確かにおかしな話だ。そりゃ零細奴隷商って呼ばれるよ。

ともあれ、俺はそれでよかったんだと今になっては思うけれど。

「しかし、奴隷と奴隷商の仲がいいなんて珍しいの。それほどお主は大切にしてきたんじゃな」

「そりゃもちろん！　スレイはものすごく私たちのことを大切にしてくれているよ！」

「うん。それは確か」

「ですです！」

なんだか小っ恥ずかしいな。

確かに彼女たちには気に入られているつもりではいたが、こうはっきりと言われると照れてしまう。

頭をかきながら、ははははと笑う。

「というかお主、いつまで敬語を使っておるのじゃ！　妾、そういうの嫌いじゃぞ！」

「ふぐっ!?」

突然、ボタンさんに腹をどつかれて変な声が出た。

スキンシップの仕方が力強い……。

「わ、分かった。えっと……ボタンでいいのかな？」

「うむ！　遠慮せずボタンと呼んでくれ！　ところでお主ら。何か欲しいものとかあるか？」

パンと手を叩いて、ボタンが聞いてくる。

「欲しい物ですか？」

「ああ！　妾はお主らと協力関係になると言ったろう？　だから早速お主らに貢献してやろうと思ってな！」

「マジか！　めっちゃ嬉しいよ！」

欲しい物……か。せっかくなら貴重な物が欲しいよな。

何かいい物……。

「ベッドがいい！　ふかふかのベッド！」

「ちょ、ミーア！　俺何も言ってねえ！」

「おお！　ベッドか！　構わんぞ！」

「あ、ちょっとボタンまで！　ありがたいですけど！」

たっく、仕方ないな。

「それじゃあお主らの家にベッドを運ぶことにするか！　おーい、部下ども～！　ベッドを用意せい！」

そう言って、ボタンは立ち上がる。

「食事会も終わりじゃ！　せっかくじゃし、妾に家を案内してくれ！」

「え……別に大丈夫だけど……」

「なんじゃ？　何か後ろめたいことでもあるのか？」

「そういうわけじゃなくて……まあ見てくれた方が早いかな」

大体、俺たちが住んでいる家を見て彼女がなんと言うのか想像できる。

きっと……。

◆

「お主ら……ちょっと妾、見ていて悲しくなったぞ」

やっぱりな。

ボタンが早速、俺たちの家に向かいたいと言うので案内したわけだけれど……反応はなんとも悲しいものだった。

一目見た瞬間、「嘘じゃろ？」と俺の方を見てきた。

嘘じゃろって言われてもこれがマジなんだから仕方がない。

「こんなボロ屋敷に住んでおったのか？」

「私は好きだけどな！　スレイと一緒ならどこでもいい場所だよ！」

「ミーアはそう言ってるけど、まあ確かに改めて見ると悲しくなるわね……」

「し、仕方ないじゃないですか。ね、スレイさん」

「仕方ないけど……実際に言われるとへこむな……」

確かに、俺たちは住んでいる家は正直言ってボロボロである。

到底、人が住んでいる場所とはいえない。

そりゃ、俺たちが前回頑張ったから多少なりともマシにはなっているが、それでもである。

「ははぁ」

ボタンは顎をさすりながら、家の中に入っていく。

ちらちらと色々な場所を見ては、俺の方に振り返って「マジ？」と言っていた。

マジなんだよな。

「スペース的に、シングルベッドを二台しか置けんな。お主らー！　家の中にベッドを運び入れてくれー！」

腕を振りながら、背後に控えていた部下たちにベッドを運ばせる。

シングルベッドを四台持ってきてくれていたのだが、スペース的に諦めるしかない。

運ばれていくのを横目に見ながら、ボタンさんは腕を組む。

「インフラ面もダメダメじゃな。今度、妾たちがどうにかしてやるわ」

「マジか！　それはありがたい！」

これに関して言えば、本当にありがたい。

今の環境じゃ、正直古代の人間と生活水準は変わらないだろう。

「にしても……シングルベッド二台でお主らは大丈夫なのか？」

怪訝《けげん》な表情で、ボタンが聞いてくる。

ええ、何か問題でもあるのだろうか――あるわ。

普通にあるわ。

今更かもしれないけど、すっごいあったわ。

「お前ら……俺と一緒に寝るのは無理だよな。ダブルならまだしもシングルじゃあ――」

「「「大丈夫！」」」

「え、ええ」

三人が声を揃えて、一斉に叫んだ。

おいおい……本当に大丈夫なのかよ。

「スレイの隣は私がいいな！」

「いや……ここは責任を取ってもらうって約束したあたしが」

「えっと、あ、あの！　ええと！　特に深い理由はないのですが隣が……いいです！」

ミーアたちの意思が相対する。

「え、ええと……」

三人はお互い睨み合う。間違いなく彼女たちの視線の間には稲妻が走ったと思う。

「おお！　喧嘩かな⁉」

「喧嘩かしら」

「喧嘩は苦手ですけど……やります？」

「お前ら落ち着け……」

勝手にバチバチと始めそうになっている三人の間に入る。

どうして俺ごときでそんなに争うんだ。

「幸せものじゃな！　妾、見ていて面白いぞ！」

「ボタンは他人事だからそうだろうな……」

嘆息しながら、俺は三人を落ち着かせる。

「じゃあ順番にしようよ！　今日は私！」

「順番なのは分かったわ。でも一番最初はあたしでしょ」

「いやいや、このわたしですって」

「だーかーらー！　お前ら落ち着け！」

「ガハハ！　見世物として最高じゃな！　妾、邪魔そうだから先に帰っておるぞ！　何かあったら、いつでも来るとよい！」

「あ、ちょっと！」

相変わらず笑いながら、ボタンたちが去っていく。

この状況下で俺を一人にしないでほしい。

「戦争かな！」

「戦争ね」

「戦争ですね」

「争うな！」

どうしてか発生した、ベッド争奪戦に俺は嘆息した。

◆

「ベッドに変わってもこれかよ！」

「あは！　三日に一度のお楽しみだね！」

「寝れねえわ！」

ベッド争奪戦は見事、ミーアが一着をもぎとった。

結果、初日は隣同士で眠ることになる。

そりゃさ、多少は俺もドキドキしたよ。

シングルベッドで、しかも可愛い女の子と一緒に寝るなんてさ。だけど……。

『あがっ⁉』

『あ、ごめん！』

ミーアの踵落としによって一瞬で目が覚めたよね。

もう目覚ましにしてはレベルが高すぎる。

俺は頭をかきながら息を吐き、キッチンへと歩く。

今日は珍しくミーアの蹴りが早かったので、起きたのは一番であった。

久しぶりに自分でごはんを用意するとするか。

食料は……わりとあるな。

ボタンがベッドを運ぶついでに、まとまった食料と火を起こす魔道具を持ってきてくれたのだ。

さすがに水源を確保する魔道具はないが、火が起こせるだけでも十分である。

それに、持ってきてくれた食料や素材は見た感じ、どれも高価なもの。

こんなものを貰ってよいのか躊躇したが、彼女が構わないというので貰うことにした。

「パンの非常食なんてあるんだな。感激だ」

缶詰を開けると、大きなパンが出てきた。

一缶で二人分はある。

「おお！　これまた美味しそうなパンだね！」

「美味しそうだよな。んじゃ、これを切ってっと」

ナイフを片手に、パンに切り込みを入れていく。

そして、肉の缶詰を開けてパンに挟んでみた。

よし……これで簡単で味付け十分なサンドの完成だ。

ミーアの声に反応してか、二人も起きてきた。

寝ぼけ眼を擦《こす》りながら、椅子に座る。

「おはよう、んでごはんな」

「……おはよう。昨日はお楽しみだったわけ？」

「な、何を言っているんですかイヴさん⁉」

「お前な……意味分かって言ってんのか？」

「あぐっ」

俺はイヴにデコピンをかまして、正面に座る。

朝にしては豪華な食事だが、まあこれくらい贅沢したって構わないだろう。

ボタンには感謝しないといけない。

口に含んでみると……うん。やっぱり美味いな。

「しっかし不安だな。ヤモリの野郎……多分どっかで襲撃してくるんじゃねぇか」

ごはんが美味しいことを分かち合うのもそうだが、今の俺たちにはそれ以上に気にするべきことがある。

ヤモリの行動についてだ。

あいつは確かに『覚えてろよ』と俺に言った。

とどのつまり、二度目の襲撃があるということだ。

「あれに関して言えば戦犯はボタンだよな……」

「でもさ！　あの出来事がないとボタンとは協力関係にはなれなかったよ？」

頭を抱えていると、ミーアがコップ片手に言ってきた。

「まあ……それはそう」

「今回ばかりは仕方ないわ。それに、居場所なんていつかはバレることでしょ」

イヴがトントンと、机を叩く。

「それが早かったか遅かったかの違い。とにかくボタンと協力関係になれたことを喜びましょ」

「ですです！　それに、また何かあってもわたしたちがぶっ飛ばせばいいんですよ！」

「ね！　私たち最強だから！」

「慢心はダメだけど、少なくともヤモリってやつよりかは上」

「そっか。そうだな」

彼女たちが自信満々なのに、保護者である俺が弱気でどうする。

こんな状態だと、逆に彼女たちを不安にさせてしまうだろう。

「すまんすまん！　終わったことだ、切り替えないとな！」

俺はそう言って、パンと自分の頬を叩く。

こっからはプラス思考で動いていこう。

俺たちの理想のスローライフを実現するためにもだ。

「そういえば、イヴとレイレイってここら辺探索してたじゃん。何か目ぼしいものとかあった？」

あの時は接敵があったせいで、詳しい情報共有はしていなかった。

俺自身、この辺りを探索しているわけではないので何かあったのなら聞いておきたい。

「そうね、小さな湖があったかしら。ほら、水汲んできたじゃない」

「そういえば……！　あの時はイノシシのことで頭がいっぱいでさ」

「全く。この様子だと今持っている水も何も考えずに飲んでいたわね」

「はは……何も言えねえ」

本当に何も考えずに水を飲んでいた。

言い訳をするなら、今まで水が飲めていたのが当たり前だったから気にしていなかったというのがある。これに関して言えば恥ずかしいことだ……反省しよう。

「ともあれ水源は確保できているから、その点は安心していいわよ」

「ああ。すげえありがたい」

もし水源が近場になかったら毎回苦労することになっていた。

「ま、探索と言っても本当に近場しか見ていないから、今後も見て回る必要があるわね」

「だな。その時は俺も混ざっていいか」

「もちろんいいわよ。というか、リーダーであるあなたがいた方が色々と助かるわ」

とはいえ、万が一何かあった際に俺が戦力になるかと言われると全くなんだけど。

だから彼女たちに思い切り頼ることになる。

やっぱり、申し訳なさは拭えない。

今度時間があれば、三人に体術なり魔法なりを教わってもいいかもしれない。できるかどうかは分からないが、知識があるのとないのとでは大きく変わってくると思うし。

むむむと考えながらパンをかじっていると、ふと視線に気がつく。

顔を上げてみると、レイレイが俺のことをちらりと見てはそっぽを向いてを繰り返していた。

「どうしたレイレイ。何かあるなら遠慮なく言ってくれ」

「あ、あっと。えっとですね」

尋ねてみると、レイレイは机の表面を指でもじもじしながらなぞる。

「レイレイ。遠慮しなくていいのよ。特にこの人には遠慮なんて必要ないわ」

「そうだよ！　スレイには遠慮なんて必要なし！」

ミーアはともかく、絶対イヴに関しては悪意あるよな。なんだよ、大人げなく泣くぞ。

「その……湖があるわけじゃないですか」

「あるっぽいな」

「皆さんと一緒に釣りがしたいなって……」

「おお！　いいじゃないか！　めちゃくちゃスローライフっぽい！」

「釣りかぁ！　私一度もしたことないな！」

「なんだそんなこと……本当に遠慮する必要ないじゃない」

「面倒くさいって思われるかなって……」

「気にしすぎだっつうの！　俺たち何年の付き合いだと思ってんだ！」

俺はレイレイの肩を叩き、うりうりと指で頬を突く。

「うう……ひゃめてぇ……！」

なんだこの生命体。

やっぱり死ぬほど可愛いな。

「スレイ？」

「なんだよ。イヴもしてほしいのか――うぐっ!?」

突然、俺の腰に衝撃が走る。

視界がチカチカとして、思わず膝から崩れ落ちた。

「蹴るわよ」

「蹴った後から警告するの……ダメだと思います……」

本気で死ぬかと思った。

というか、俺が普通の人間だってこと忘れてねえか。

奇跡的に大丈夫だったけど、一般人があんな蹴りを食らうと一ヶ月は動けないと思う。

俺は子鹿のように、震えながら立ち上がって椅子に手を置く。

「大丈夫ですか?」

「限りなくアウト寄りの大丈夫」

「イヴさん……スレイさんには優しくしてあげてください……」

「別にいいじゃない。これくらいじゃスレイは死なないわよ」

「死なないとかそういう問題じゃないと思うんだ俺は」

「セクハラ」

「……調子に乗りましたすみません」

反論なんて一切できないので、素直に謝る。

というか、謝らないと今度こそ死ぬ。

「わたしは気にしてませんからね！　というか、もっとしてほしいというか、全然してくれていいというか！」

「レイレイは黙りなさい。羨ましいじゃないの……」

「え……？　何か言ったか――あぎっ⁉」

再び放たれる蹴り。

今度こそ意識がぶっ飛びそうになったが、どうにか唇を噛み締めて耐えた。

「イヴ！　俺本当に死ぬから！」

「あっそ」

「ああもう……全然よくないけど、まあいいや。それよりも釣りだよな！」

これ以上、この案件に触れていると俺の腰が持たない。

話を変えるのが最優先事項である。

というか、釣りが本題だ。

「でも釣り竿《ざお》はどうするんだ？　そんなものなかったような気がするけれど」

俺が首を傾げると、レイレイはふふふと笑いながら部屋の奥へと消える。

「もしかして！」

ミーアがピコピコと耳を動かしながら、その場でジャンプしている。

俺も大方察することができたが、本当なのか……？

「じゃ、じゃん！　釣り竿はわたしが作っておきました！」

「うおお！　本当に釣り竿だ！」

「わあ！　見せて見せて！」

「すごいわね！」

レイレイのもとへ駆け寄り、釣り竿をしっかりと見てみる。

糸もしっかりとしているし、針もついている。

ええ、これ本当に自作したのか。

「まるで店で売っている釣り竿みたいだ。レイレイ、こんなこともできるのか？」

「えへへ……わたし、こういうの得意でして」

そういえば、ミーアがブランケットを縫うって言った時にもレイレイが付き添っていたよな。修整した箇所はあったけど、確かめちゃくちゃ綺麗に出来上がっていた。

生活力高いな……もしかして俺よりできるんじゃないのか？

「こんなにもクオリティの高い物見せられたら、あたしもテンション上がってきたわ」

「テンション上がるよな！」

「上がりまくりだよね！　もう絶好調！」

「そ、それじゃあ早速行きましょうか！　あ、でもその前に」

言いながら、レイレイが空の箱をこちらに向ける。

「餌《えさ》がないので、採取しないとダメですね」

「魚釣りの餌……パンとかでいいのかしら」

イヴが顎に手を当てて、呟く。

「いや、パンとかはもったいないので使いません。それよりも、もっといいものが自然界にはたくさんありますし」

確かに普段、生活する上で必要なパンを餌として使うのは、今の俺たちにとっては厳しいものがある。

とはいえ、釣りなんてしたことがないから、餌と言われてもあまり思い浮かばないな。

「今回はミミズを使います。なので、この箱いっぱいにミミズを集めましょう！」

「は、はあ⁉」

ミミズと聞いた瞬間、イヴが声をあげる。

あれほど楽しそうにしていたのに、笑顔が一瞬にして消えた。

「ミミズが餌なの⁉　嘘でしょ⁉」

「お魚さんはミミズが大好きなんですよ。あ、もちろん丸々一匹使うわけじゃないですよ。ちぎって針に吊《つ》るすんです」

「ちぎって⁉　ミミズをちぎるの⁉」

「そうですけど……」

「やっぱりあたし、釣りは気分じゃないかも……」

言いながら、イヴがよろよろと寝室へと向かう。

「まあ待て。それもまた釣りの醍醐味だろ」

俺が手を掴むと、全力で振りほどいてくる。普通に痛ぃ。

「嫌よ！　ゴブリンの次はミミズ⁉　死ぬ！　あたし死んじゃう！」

「いや……それくらいじゃ死なないから。な、ミーア」

「そうだよ！　ミミズなんて平気！　あれ、意外と美味しぃんだよ！」

「味なんて聞いてないから！　余計具体的にしないでよ！」

「ミーア……お前ミミズ食うのか？」

「獣人は食べるかな！」

「すげえな」

「そんなことどうでもいいから！　とにかくミミズは嫌ぁ！」

「だってよレイレイ。どうする？」

嘆息しながら、隣に立っているレイレイに聞いてみる。

彼女は少し悩む素振りを見せて、

「うーん。それじゃあイヴさんだけパンでいきます？」

「そうだな……いや。待ってくれ。ここはミミズでいこう。イヴ、お前は強制参加だ」

「はぁ⁉」

俺の発言に、イヴが悲鳴を上げる。

涙目でこちらを睨めつけてきた。

それに対し、俺は笑顔で返す。

「ほら。やっぱりこういうのはみんなで楽しくするべきことだと思うんだよ」

「それならあたしはパンでいいじゃん！」

「ダメだ。理由は一つ」

手のひらを向けると、イヴが唸りながら答えを待つ。

言いたいこと。それはもう決まっている。

「お前は俺の腰を二回も砕きかけた罪がある。あれ、素直に俺死にかけたからお前も死にかけてもらう」

「すっごい個人的な考え！」

「当たり前だろ！　こっちは大切な腰が逝きかけたんだぞ！　断罪じゃ！」

「私刑はよろしくないわよ！」

「関係ねえ！　お前は死刑だ！」

「ああ!?　もしかしてあたしとやりあうつもり!?」

「やりあわねえよ？　やりあったら俺が死ぬからな！」

そう言って、俺はレイレイを指差す。

「レイレイ！　今回はイヴをミミズの刑に処そう！」

「ほえ!?」

抵抗するかのように、イヴもレイレイの方を見る。

「レイレイ！　パンでいいわよね！　パンで！　パンで！」

「ええ!?」

「こうなったらみんなで一緒にミミズを食べようよ!」

「ミーアさん!?」

レイレイに迫りくる難題。ちなみに俺はミミズは絶対に食べたくないので、ミーアの案が採用されたらイヴと一緒にふて寝する。

いつも手のひらをくるくるする、それが人間だからだ。

「ええと……ええと……!」

レイレイの目がくるくる回る。

汗を流しながら、どうにか笑顔を作っている状態だ。

「レイレイ……!」

「レイレイ!」

「レイレイ!!」

「ぴ、ぴえええ……」

◆

「どうしてなのよぉぉぉぉぉぉぉぉぉ!!」

レイレイが下した決断は『もう皆さん仲良くミミズでやりましょう』だった。

結果として、イヴが死にかけている。泣きそうになりながら、スコップを持って土を掘っている。

その光景を隣で眺めながら、俺はニヤニヤと笑っていた。

「どう？　死にそう？」

「うっさい！　馬鹿！」

文句を言いつつも、しっかりとミミズを取ろうとしているのは褒めてもいいと思う。

とはいえ、からかうのをやめるつもりなんて微塵《みじん》もないけれど。

「この辺りの土はいいですね。多分、畑を作ってみても楽しいかもしれません」

「確かにミミズが取れる土っていいものだって言うもんな」

俺は掘り返した土からミミズを捕まえ、イヴの方に投げる。

「ぎゃぁぁ!!」

悲鳴を上げながら、飛んできたミミズをギリギリのところで回避するイヴ。

「こっちに投げないでよ！」

「つい」

「ついじゃないわよ！　ぶっ殺すわよ！」

「ごめんて」

俺は適当に謝りながら、転がったミミズを回収する。

全く、ミミズに怖がるなんて可愛いお嬢さんだぜ。

「にしても畑か。自給自足ってのも悪くないかもな」

畑で野菜を栽培して、自分たちの食料にする。

なんてスローライフらしいんだ。

「どっかでしてみたいな。今度考えてみるか」

「いいね！　野菜育ててみたい！」

「ぜひやりましょう！　ね、イヴさん！」

「それは賛成。うわ、なにこのミミズ大きすぎるでしょ……」

恐る恐るスコップで回収し、箱の中にミミズを入れるイヴ。

どうやらかなりミミズにも慣れてきたらしい。

つまらないな。

「そい！」

「だから投げるな！」

やはり俺が誇る魔族は違うな！　突然飛来してきたミミズにも速攻で対応する！

「さて、餌はこれくらいでいいですかね。皆さんありがとうございます！」

「これくらい構わないよ。な、イヴ」

「あなたね……本当に他人だったらぶっ殺してたわよ」

「ミミズ集めするの楽しかったし美味しかったよ！」

ミーアが発言した瞬間、イヴがしゅんと黙る。

「え、お前ガチで食ったのか」

「うん！　ミミズだからね！」

「獣人族すげえな」

「ミーア……本気で言ってるの？　あれ、冗談とかじゃなかったの？」

「冗談って何？　どうしたの？」

「な、なんでもないわ……怖すぎる……危うく本当にミミズを食べさせられるところだったのね……」

震えながら、イヴは嘆息する。

俺的には「まあミーアだからね」って感じなんだけど。というか、ゴブリンを食った今だと、なんだただのミミズじゃんって感じだし。

ゴブリンで覚悟を決めた人間がミミズ如《ごと》きで臆《おく》するわけがない。

「こほん。それじゃあ早速湖まで行きましょうか！」

「よし！　行くか！」

「うう……行きましょう……」

「レッツゴー！」

この近辺を既に探索しているレイレイを先頭に、俺たちは釣り竿片手に歩く。

やっぱりと言ってはなんだが、この森は薄暗くてじめじめとしている。

こんな環境の中にある湖って一体どんなものなのだろうか。

とはいえ、飲料水として使えるものだから綺麗なのは間違いないだろうけど。

生い茂った草木をかき分けていく。どこか少年時代の記憶が脳裏にフラッシュバックしてきて、懐かしい気分になった。

本当に昔、両親がまだ俺を捨てていなかった頃。

確かこうやって森の中を走り回っていたな。

まあ、戻れない過去の記憶を今更反芻したところで仕方がない。もしもを考えていたらキリがないし、何より俺は彼女たちと出会えたことを心の底から嬉しく思っている。

苦しい思いをしたけど、彼女たちと過ごすことができて俺は嬉しい。

「あ、見えてきましたね」

そんな声とともに、木々の隙間から日差しが漏れてくる。

薄暗い中を進んでいたため、思わず目を細めてしまう。

「おお！　めっちゃ綺麗じゃん！」

開けた場所に出てきた。

目の前には日光が反射してキラキラと光る湖があった。水面では、小鳥が優雅《ゆうが》に泳いでいる。

この領地にも、こんな綺麗な場所があったのか。

「綺麗ですよね！　わたしも最初見た時は驚いちゃいました！」

「ちなみにあたしが見つけたのよ！」

「そうです！　イヴさんが見つけてくれたんですよ！」

「さすがだなイヴ！　よしよししてやろうか？」

「セクハラ……だけど、あなたが望むなら頭を撫でてくれても構わないわよ」

「んじゃやめとくか」

「……遠慮しなくていいから」

「いや、だって望むならって」

「ここで撫でないと後悔するわよ！」

「はいはい」

「むう」

言いながら、頭を撫でてやると、微《かす》かに彼女の瞳が赤く光る。こうは言いつつも、やっぱり喜んでいるんだよな。本当に可愛い子だよ。

「ちなみに、わたしも探索には参加していたんですけど……」

「レイレイもなぁ」

「ひゃ」

右手にはイヴ、左手にはレイレイの頭がある。どういう状況だこれ。

まあ至福の時間なのには変わりない。

「も、もういいわ！　早く釣りしましょ！」

「ああ。もう満足なのか？」

「満足とか関係ない！」

「はいはい」

首を必死で振るイヴに対し、俺は苦笑する。

全く可愛いやつだ。

「そ、それじゃあ餌を針に付けましょうか」

「レイレイごめん。あたしは無理だから代わりに餌を付けてくれない？」

「いいですよ！」

俺自身、イヴ本人にやらせたい感もあったが、可哀想だからやめておこう。

あまりいじめると嫌われるかもしれないしな。

こんな行動ばっかしているが、嫌われたら俺は死ねる。

「んじゃ俺たちは勝手にやっとくか」

「そうだね！」

隣にいるミーアに声をかけ、箱からミミズを取り出す。

ともあれ、普通の女の子にとってミミズってのは厳しいものだろうな。

「うはは！　めちゃくちゃ元気に動いてる！」

ミーアを見ていると感覚がおかしくなりそうだが、大抵の女の子はイヴのような反応をすると思う。

まあミーアに関しては触るどころか普通に食ってるしな。

彼女に女の子にとっての普通を求めること自体が間違っていると思うのだが。

針にミミズを仕掛けて、湖の方に勢いよく投げる。

ぽちゃんという音とともに、針が水底の方へと沈んでいった。

揺れる水面を眺めながら、ふうと息を吐く。

「えい！」

ミーアも仕掛けができたらしく、勢いよく投げていた。

「ほお！」

着水して数秒。一瞬にして、ミーアが竿を引き上げる。

「あれ、魚いないね」

「当たり前だろ……」

そんな一瞬で魚が食いついたら苦労しないわ。

「あのなミーア。釣りってのは時間をかけてゆっくりやるものなんだよ。そんなすぐ釣れるわけないじゃん」

「そうなの!?　釣りって大変なんだなぁ」

これは……俺が色々と付き添った方がいいな。

多分彼女一人でやっていると、一生魚が釣れない。

ちらりと隣の方を一瞥してみると、イヴとレイレイがなにやら格闘していた。

様子を見るに、イヴが悲鳴を上げながら針先を見ているようだった。

「ミミズが！　ミミズが！」

「だ、大丈夫です！　これが普通ですから！」

「だってミミズがちぎれ……ひやあああ！」

あっちはあっちで大変そうだな。

多分イヴは致命的に釣りに向いていないんだろう。残念ながらミミズさんはそういう運命なんだ。

「これさ！　直接捕まえた方が早くないかな⁉」

こっちもこっちで致命的に釣りに向いていないかもしれない。

ミーアが今にも湖の中に飛び込もうとしていた。

というか……！

「服を脱ごうとするなミーア！」

「脱いじゃダメなの？」

「ダメに決まってるだろ！」

「私、スレイに見られるのなら大歓迎だよ！」

「あのな……」

喜んでよいのか分からないことを言わないでくれ。なんだかめちゃくちゃ恥ずかしいじゃないか。

「万が一知らない人が来たら、ミーアの体を俺以外の人間に見られるかもしれないぞ？」

言っていて恥ずかしい。なんだよ『俺以外の』って。こういうこと言ってよいのはイケメンに限るんだよな。俺が言ったらただの不審者、変質者でしかない。

だが、この言葉が一番ミーアに効くことを知っている。

「それもそうだね！　スレイ以外の人に見せるわけにはいかない！」

ギリギリのところで、ミーアが止まる。

ふう……助かった。素直な子で本当によかったよ。

「それじゃあ釣りってのは――」

「ダーイヴ！」

「ミーアァァァァ⁉⁉」

綺麗なフォームで飛び込むミーアを、俺が愕然としながら眺める。

破裂音とともに水しぶきが上がり、服がびしょ濡《ぬ》れになった。

いや、そんなことはどうでもいい。俺がいくら濡れようが、別に大したことではない。

そもそも釣りに来ているのだ。多かれ少なかれ多少なりとも濡れることはあるだろう。

だが、決してダイビングをしに来たわけではない。

「どうして飛び込んだ⁉」

俺は釣り竿を置いて、ミーアに叫ぶ。

「服を着てたらいいんでしょ？」

「よくないから！　というかお前……ちょっと自分が着てる服を再認識してくれ！」

彼女は昔から下着を着るのを嫌っていた。そのため、ミーアが身につけているのは布一枚である。

更に言えば、彼女は暑がりという一面も持っている。それに伴い、服の生地はもちろんのこと薄い。

となると、どうなるか。

水に濡れると大変なことになる。

「ミーア！　ダメ！　本当にダメ！」

「ははは！　どうしたの！」

「どうしたもこうしたもねえ！　ちょっと女性陣！　ヘルプ！」

「ミミズ！　ミミズが！」

「こっちも大変ですぅ！」

「もうミミズは後にしよう！　それよりもミーアをどうにかしてくれ！　あれじゃあ普通に露出狂だから！」

「って本当ですね⁉　ミーアさん何やってるんですか⁉」

「魚取りだよ！」

「今回は釣りをしに来たんですよ！」

「手づかみの方が早いよ！」

「そういう問題ではありません！　あわわ！」

俺は視線を別の方に向けて、極力ミーアを見ないようにする。

レイレイが慌てた様子で走っていき、必死でミーアを呼ぶ声が聞こえてくる。

ミーアに関して言えば、もう俺にできることはない。申し訳ないが、ここはレイレイに任せよう。

「ミミズ……ミミズさん……！」

「ええ……」

ちらりとイヴの方を見てみると、無惨な姿になったミミズを眺めながら絶望顔を披露していた。手を震わせ、ミミズに向かって声をかけているようだった。

「これ、散々だな」

俺は嘆息して、青い空を見上げた。

◆

「やっと落ち着いて釣りができます……」

「本当にね」

結局、二人をどうにかするのに小一時間かかった。ミーアはひたすら直取りしようとするし、イヴはミミズに感情移入しているし。落ち着く頃には、俺たちの体力は限界に近かった。

「ミーアは大人しく釣りをしような」

「イヴさんはあまりミミズに感情移入しないようにしましょうね……？」

「分かった！」

「うん……」

二人は俺たちからは少し離れた場所で、大人しく釣りを開始してくれていた。一定の場所に固まって釣りをしていると、糸が絡まったり、そもそも魚が釣れなくなる可能性があるからだ。

先程まではレイレイがイヴのアシストをしていたが、今はミーアにやってもらっている。

俺は安堵しながら、水面をぼうっと眺めた。

こうやって落ち着いた時間を過ごすのはいつぶりだろうか。

それこそ、少年時代にまで遡ってしまうかもしれない。つい最近までは奴隷商やってたし、奴隷商になる前は雑用ばっかやっていた。

自分で自分のことを苦労人だなんて言いたくないけど、多分苦労人な方に分類されると思う。

「こうやってると、少し昔のことを思い出しますね」

「昔のこと？」

ふと、レイレイがぼそりと呟いた。

感慨深げに、遠くの方を見据えている。

「はい。スレイさんと出会うずっと前のことです」

「俺と出会う前……か」

理解していることだが、彼女たちの過去は決していいものではない。

だから、俺自身からはあまり触れようとはしない。

もちろん彼女たちから伝えようとしてきた場合は別だ。俺は絶対に耳を傾けるし、否定なんてしない。

それが俺の保護者としての役目だからだ。

「ほら、わたしってわりと手先が器用な方だと思うんです」

「確かにそうだね」

間違いなく、普通の女の子は持ち合わせていない能力だ。

裁縫が得意な子は多そうだけれど、苦手な子に助言をしながらするってなると、かなりの技術が必要になってくると思う。それをレイレイはやっているわけだし、それこそ釣り竿だって作ってみせた。普通に生活しているだけでは身につかないものである。

「実は理由があるんですよ」

言って、彼女がこちらを一瞥する。

「聞きたいですか？」

「もしレイレイが構わないのなら」

「ふふ、ありがとうございます」

彼女は少し目を細めて、

「昔の話です。と言ったら、スレイさんは身構えますかね？」

薄い笑みを浮かべて、レイレイが首を傾げる。

「そりゃエルフの昔だからな」

エルフと言えば、長寿な種族の代名詞と言えよう。彼女たちは普通に生活していても、何百歳と生きる。人間と比べたら、なんだか笑えてきてしまう。

「私、そんなに年増に見えますか？」

「エルフだから……百歳くらい？」

「馬鹿言わないでくださいよ。私、まだまだ子供です。十四歳ですよ十四歳」

「レイレイってそんなに若かったのか!?」

「そ、そんなにお年寄りに見えますか……？」

「冗談だよ。んじゃエルフ換算にすると……まだまだ赤ちゃんってところか」

「そうなりますすね。私、まだまだ赤ちゃんです」

両手を胸の前に持ってきて、ぎゅっと握る。

……何をしているのだろうか。

「あ、赤ちゃん……です」

「ああ！　ああ、赤ちゃんか」

まさかの赤ちゃんポーズをするとは思わなくて、変な声が出てしまった。

なんてことだろう。このエルフちゃん馬鹿みたいに可愛い。

やっぱり赤ちゃんだ。多分、百歳以上生きているエルフの場合、きっとこんなことしてくれないだろう。というか、したところで萌えるかどうか怪しい。

いや、萌えるか。

でも百歳超えってておばさんじゃね？

人間でいう百歳のおばあちゃんが赤ちゃんポーズをしていると考えたら色々と怪しい。

まあ可愛かったらオールオッケーな気がするけど。

「赤ちゃん……」

「可愛い！　超可愛い！」

「えへへ」

傍《はた》から見たらすごい空間だと思う。

だって赤ちゃんのマネをしているエルフと、賑やかしの俺。万が一通りすがりにこんな光景を見かけたら、二度見くらいすると思う。いや、三度見までいくかもしれない。立ち止まって少し状況を分析するかもしれない。

まあ、最終結論としては俺が親ばかだってことになるんだけど。

「話が脱線しちゃいましたね。楽しくって」

「俺もなんかすまん。楽しくってさ」

誰か一人とこうやって話す機会なんてなかなかないものだから、つい俺もテンションが上がってしまった。いつもは四人揃って、ということがほとんどだからな。

俺は未《いま》だに手応えのない釣り竿を握り直して、ふうと息を吐く。

「そう、昔の話です。スレイさんと出会うずっと前、わたしがまだエルフの集落で暮らしていた頃のことです」

「エルフの集落……か。となると、本当に昔の話になるな」

少なくとも、俺が知らない話題である。

エルフの集落。俺は魔族が住む場所になんて行ったことがないから上手く想像ができない。そもそも、俺はまともに他の街にも行ったことがないレベルなのだ。

「はい。スレイさんは……お兄さんか姉さんはいましたか？」

「兄姉はどうだったかな。恥ずかしい話、あまり家族のことを知らなくてさ」

両親は、本当に幼い俺を捨てた。両親と一緒にいた期間の記憶なんて断片的なものしか残っていない。それこそ、森に入る前に思い出した、草木の間を走り回ったことくらい。

「家族のことを知らない……ですか。実はわたしもあまり知らないんです。ただ、唯一の人を除いてはですが」

「唯一？」

俺はその、唯一の人物が気になって、レイレイの方を見た。

無意識のうちに、彼女の表情を覗いてしまう。

「……」

どこか、懐かしむような表情をしていた。

いや、それだけではない。彼女の表情には、懐かしさと悲しさ、その両面が存在するように思えた。

俺は人の顔をよく見て育ってきた。環境的に、人の心情を窺《うかが》うのが癖になっていたからだ。

だから、なんとなくだけど、彼女の気持ちが伝わってきた。

これから語られるのは、彼女にとっての大切な記憶。その一部。

「両親はいませんが、わたしには姉さんがいました。と言っても、みんなが思うような姉さんとは少し違う気がするんですけどね」

彼女は苦笑しながら、竿を揺らす。

「不思議な言い方をするな」

「そりゃ不思議な言い方をしますよ。なんせ、その本人が不思議な方でしたから」

そういう意図で言ったわけじゃなかった。もちろん、『みんなが思うような姉さんとは少し違う』

という言い方は、まあ珍しいと思う。

けれど、別に不思議なことではない。

癖のある姉さんなんだな、で済む話だからだ。

俺が引っかかりを持ったのは、『いました』という部分。それに対して、俺は不思議な言い方をするなと言った。

しかし、大方どういうことなのかは察しが付く。俺もそこまで鈍感なわけではない。

正直失言であったと思ったが、レイレイがあまり気にしていないようだし、そこから話を膨らまそうとしているので俺は合わせることにした。

「不思議な姉さん……想像できないな」

「なんていうか、人間失格と言いますか……」

「人間失格とな」

嘆息しながら、レイレイがぼやく。

人間失格。

不思議な方で、人間失格で、となると単語が特殊で、俺では想像ができない。

「姉さんらしくなかったとか？」

どうにか考えて、溢れた言葉は稚拙なものである。

まあ、今はそんな想像力が必要な場面ではないんだけれど。俺が勝手に何か深く考えすぎていただけで、悪い癖である。

「ええ。本当にダメな姉さんでした。家事はできないし、妹のお世話だってできない。なんなら、わたしが姉さんのお世話をしていましたから、立場は逆転してしまってましたしね」

「とことん言うな」

思わず笑ってしまう。

レイレイがこうも徹底的に人をダメだと言うのは初めて聞いたからだ。彼女は普段、気が弱いこともあって誰かを侮辱するなんてこと絶対にしない。

しかし、それと同時にレイレイとその姉さんは本当に親しい仲だったのだろうと想像できた。

「もちろん言いますよ。なんせ当時は本当に大変でしたから……」

レイレイは肩を落とす。

はあと大きく息を吐いて、

「洗濯物は脱ぎっぱなしですし、洗い物は机の上に放置。朝昼晩の食事の用意、なんなら買い物までわたしが担当してました。はぁ……思い出すだけでため息が止まりませんよ」

「にしては、楽しそうに語るな」

そう言うと、彼女は苦笑した。

「はい。そんな姉さんでしたが、わたしは大好きでした」

彼女の竿が大きく揺れる。

水面に映っている影が歪み、しばらく眺めていると魚が釣り上げられた。

レイレイは糸を持ちながら、宙にぶら下がる魚を眺める。

「姉さんと一緒に行く、釣りが大好きでした」

俺は近くに置いてあったバケツを手に取り、レイレイに差し出す。

彼女は器用に魚を針から外して、バケツの中で泳がせた。

ふと、俺の方を一瞥する。

「もう、叶わないかもしれないですけれど」

そんなことを言うレイレイの姿が、とても小さく見えた。

とても寂しそうに見えた。

「俺はレイレイのことをあまり知らない。それこそ、出会った経緯は『マスターを襲った訳あり奴隷』として売られていたところを俺が代わりに引き受ける形だった」

彼女は訳ありだった。

俺の前、レイレイを売っていた商人は彼女を腫れ物扱いしていた。そりゃマスターを襲った前科がある娘なんて、恐ろしくて誰も買い手が付かないからだ。

ただ、俺は彼女が苦しそうに見えたから交渉して引き受けた。

別に奴隷商から奴隷商に居場所を移したところでという部分もあるが、俺的には少しでも彼女が幸せになる方向へと歩ませてあげたいと思った。

けれど、俺は彼女のことを何も知らない。

幸せにする以前に、彼女のことをまだ理解していない。

深く聞くのを避けていた……というのもあるけれど。しかし、今思えば少しは聞いた方がよかったのかもしれない。

だから、聞くことにした。

「教えてくれないか。レイレイはどういう経緯で奴隷になったんだ」

バケツの中で、魚がくるくると狭そうに泳ぐ。

窮屈そうにしながら、時折顔を出して水面を揺らしていた。

「わたしが住んでいた集落は特殊だったんです。普通とは違った、少し変わった場所でした」

「というと？」

「その集落に住んでいるエルフ全員が希少種だったんです。どうしてだと思います？」

「……大方、『希少種』ってのが重要だって察することができるよ」

俺は心当たりがあった。

ミーアの件だ。

彼女はオッドアイが原因で迫害されてきた。理由は単純。世間が普通ではない彼女を恐れたからだ。

何度でも言うが、生物は愚かだ。

普通とは違う何かを持つ者を、彼らは恐れる。呪いだとか忌避の存在だとかで迫害をする。

「つまり、その集落は普通のエルフたちから迫害された者たちの最終到着地点だったってところか」

「正解です。皆さん、普通にはなれなかった。普通のエルフたちから迫害された者たちで集まった唯一のオアシスでした」

彼女はもう一度、竿を思い切り湖に向かって投げる。

ぽちゃりという音とともに、水面が揺れた。

「しかし、不思議なことに人間は違いました。仲間であるエルフはわたしたちを恐れたのに、人間は恐れなかったんです。どうしてだと思いますか」

彼女の問いに、俺は答える。

「エルフの希少種は、人の間で高く売買されるから」

「正解です」

芝生の上に腰を下ろして、釣り竿を揺らす。

「エルフの希少種が集まったオアシスは、人間にとってもオアシスでした。わたしたちは可能な限りバレないように生きてきたのですが……やはり秘密というものは長く続かないもの。人間たちにバレて、すぐにハンターたちの餌食になりました」

魔族専門のハンターというものが、この世界には存在している。

希少な魔族を捕らえ、裏稼業に売りつけるのを生業としている者たちだ。

「ハンターの襲撃から、姉さんはわたしを必死に守ろうとしてくれました。それこそ、姉さんが最後に姉さんらしくした最初で最後の瞬間かもしれません」

「どうなったんだ」

「幸い、お互い殺されることはありませんでした。内臓を売買するハンターには、奇跡的に捕まらなかったんです」

けれど。

「わたしは奴隷になりましたが、姉さんの行方は分かりません。どうにか姉さんの居場所を見つけたいから、脱走を試みたのですが……」

「結果として、マスターを傷つけた形となり、訳ありの奴隷として売られることになったってわけか」

「そうですね……本当、散々です」

彼女は、悲しげに水面を見据える。

「人間は怖いか」

俺は問う。

あまり尋ねるのはよくない質問かもしれないが、聞いておかなければならないと思った。

これからの、彼女と俺との関係性のことを考えると、知っておくべきことだ。

「正直、怖いです。ただでさえ気が弱い方だったのに、その件で更に拍車がかかったと思います」

けれど、と彼女は言う。

「でも……スレイさんは特別です。こんなわたしにも、優しくしてくれました」

「……」

「スレイさんのことは大好きです。だから、少しわがままも言いたくなりました」

「わがまま……」

「ねえ、スレイさん」

レイレイは少し躊躇しながらも、どうにか口を開く。

「わたしの姉さんを見つける――その手伝いをしてくれませんか」

手を震わせながら、声を震わせながら。

どうにか言葉を紡いでいく。

「何日かかってもいいです。何ヶ月かかってもいいです。何年かかってもいいです。いえ、何日もかかるかもしれません。何ヶ月もかかるかもしれません。何年もかかるかもしれません」

レイレイは俺のことを見据える。

「わたしの姉さんを、一緒に探してくれませんか」

彼女、レイレイにとって、大きな一歩だったんだと思う。

気が弱くて、人間が怖くて。正直信用すらできないかもしれない。

けれど、そんな俺を信じてこう言ってくれた。

こんなにも頼りない俺を、特別だと思おうとしてくれていた。

「俺にあまり期待をするってのは、よくないと思う。だって、俺は見ての通り残念な男だ」

でも――俺には、答える義務があると思った。応える理由があると思った。

「ただ、俺は職業柄、約束事は絶対守るようにしている。それこそ、何年かかるか分からないけれど
……手伝わせてくれ。俺はレイレイの家族だ。家族が家族のお願い事を聞かなくてどうするよ」

この言葉を伝えるのにも、勇気がいった。

俺も俺で不甲斐ない男だから、絶対なんて言葉を使うのは恐ろしくて避けてしまう。

だが、今回は別だ。今回は絶対と言いたかった。絶対、彼女の願いを叶えてみせたいと思った。

「ま、先に俺が死んじまったらごめんな。ほら、エルフって長生きじゃん？」

「……スレイさん」

「つまりよ、俺の人生一生かけて姉さんを探すってことだ。長いこと迷惑かけると思うけど、よろしくな」

「ありがとうございます……！」

ぽん、とレイレイの頭に手を乗せる。

少しばかりレイレイの耳が赤くなって、けれども口は緩んで。

と、言いながらレイレイが抱きついてきた。

釣り竿なんて放り投げて、俺の胸に顔を埋める。

「嬉しいです。本当に嬉しいです」

「ははは……俺もだよ。レイレイ」

何日、何ヶ月、何年かかるのか。

俺には分からないけれど、やってみようと思う。

家族として、精一杯。

「いっぱい釣れたよー……ってレイレイがスレイに抱きついてる！」

「意外と楽しかったわよ——はぁ!?　ちょっと二人とも何やって……さてはスレイがとうとうレイレイに手を出したのね！　ぶっ殺す！」

「ちょ、ちょい待て！」

釣りが終わったのか、悪い意味でタイミングよく二人が俺たちのもとに帰ってきた。

そして、俺を見るなりミーアは羨ましそうに、イヴは殺意が籠《こ》もった目を向けながら走ってきた。

「待て待て！　ちょい待て！　これには深い訳が――」

どうにかレイレイを引き離し、二人に事情を説明しようとした瞬間のことだ。

イヴが俺に向かって投げた釣り竿の先端が見事、額に激突する。

更に追い打ちをかけるかのように、後ろに転んで背中を強打。

「あ、ああ……」

見事、俺の意識は遠のいていった。

「ス、スレイさん!?　ちょっと二人とも！」

レイレイの慌てた声を聞きながら、俺は意識を沈めた。

◆

「ご、ごめんね！」

「すみませんでした……」

どうやら俺は、レイレイに運ばれて家へと帰ったらしい。

そして意識が戻ると、レイレイが急いで二人を呼び出し、俺の目の前で正座させていた。

「スレイさんを殺す気ですか!?」

「というか私、何もやってない！　やったのはイヴじゃん！」

「ミーア!?　……でも、それは事実。だけどだけど、あれは勘違いしても仕方ないじゃな――」

イヴが言い訳をしようとした瞬間、レイレイが彼女の肩を叩く。

「土下座、いっときます？」

「ひえっ」

その言葉を聞いた瞬間、イヴは慌てて平謝りしてきた。

もう必死である。涙を流しそうになりながら、何度も頭を下げていた。

「ははは……」

ここまで謝れると、俺もさすがに何も言えない。

さすがに気絶まで追い込むのはどうかと思うけど、彼女も彼女で勘違いしていたようだし。まあ仕方のないことだろう。

「スレイさんを今度気絶させたら……イヴちゃんのお名前の『イ』から下がなくなっちゃうかもしれませんよ？」

「どういうこと!?　それってどういうこと!?　下半身全部持っていかれるってこと!?」

「さぁ」

「怖いって！　スレイ！　レイレイが怖い！」

「ははは……反省しろ」

その展開は言葉だけで面白いから乗っておく。レイレイのことだ。絶対にそんなことするわけがないという安心感があるからな。

「スレイ!?」

「冗談だっての。な、レイレイ？」

「……ふふ」

「レイレイ!?」

「大丈夫だよね!?　本当に大丈夫だよね!?」

俺とイヴの声が重なる。何その不敵な笑み。本当に大丈夫なやつ？

朝起きたらイヴがいない……みたいなシチュないよね。怖くて泣くぞ。

「冗談ですよ、冗談」

「レイレイ！　あたし信じてるからね！」

イヴは素で泣きそうになっていた。いや、これは仕方がない。俺だってこんな顔されたら、怯える。

特に、普段怒らない人がキレた瞬間とかヤバい。

「それよりも、です」

何か言いかけて、レイレイは普段の調子に戻った様子で寝室からキッチンの方へと歩いていく。俺たちは同時に顔を見合わせ、少し悩んだ後彼女の背中を追った。

キッチンに出ると、レイレイはバケツの中を覗いていた。

「美味しいお魚さんの料理は皆さん、興味ありますか？」

「もしかしてレイレイが何か料理を作ってくれるのか？」

尋ねてみると、レイレイは笑顔で頷く。

「スレイさんと話をしていると、昔を思い出しまして。久々に料理でもしてみようかと」

「レイレイが料理作るの⁉　気になる！」

「うう……何かもう全てが怖いけど……料理は気になるわ」

俺も俺で、彼女の料理には興味があった。確か、姉さんの話をしている時も、料理をよくしていたという話題が出ていた。

今まで、彼女たちに料理を任せたことがなかったのでお願いしてみてもいいかもしれない。

「レイレイがよければ、お願いしたいかな」

「任せてください。スレイさんばかりに料理をお任せするのも申し訳ないですしね」

そう言いながら、レイレイは棚から何かを取り出そうとしていた。

背伸びをして、奥の方へと腕を突っ込みながら唸っている。

「よっと」

棚から目的の物が取り出せたのか、満足そうに笑う。

あれはなんだろう……一見すると白い布に見えるんだけど。

けれど、すぐにその布の正体を理解する。

レイレイが鼻歌を歌いながら、布を広げた。

そして、「よいしょ」と身につけてみせる。

「エプロンか……！　そんなのあったっけ？」

「ふふふ。実は、陰でこっそりと作っていたのです」

嬉しそうに胸を張って、エプロンを見せてくれる。白をベースに、胸には可愛いピンク色のリボンが付いていた。ほどよくフリルもかかっていて、さながら店で売っているエプロンのようである。

「すごいな……！　めっちゃ可愛いよ！」

「ふへへ……嬉しいです！」

ひらひらと軽く踊るような素振りを見せて、レイレイが楽しそうにする。

「可愛い！　私もあんなの着てみたいなぁ」

「ミーアは料理できないでしょ。でも……それはともかくとして、あたしも着てみたいわね」

ミーアもイヴも、レイレイのエプロンに興味津々といった様子である。

そりゃ、あんな可愛くて綺麗なものを突然出されて、なおかつ手作りだって言われたら誰だって欲しくなるわな。俺だって正直、エプロンが欲しい。

ここまで可愛いものじゃなくていいけど、機能性重視のものが欲しいな。

今度お願いしてみてもいいかもしれない。

「さて、エプロンのお披露目はこれまでにしましょう！　もっと素敵なものがこれから待っていますからね！」

素敵なもの――すなわちレイレイの料理！

いやはや、めちゃくちゃ素敵なものだ。

女の子の手料理を味わう機会が、まさか俺にも訪れるなんてな。昔こそ憧《あこが》れていたが、最近はそういうことに対しての憧れは諦めていた。

彼女たちに料理を作ってもらったら解決だけど、俺自身が料理を作るのが好きだったたってのもあったし、彼女たちがキッチンに立って万が一怪我をしたら心配だったたってのもある。

とはいえ、だ。

過保護にしすぎるのも問題だと思う。

彼女たちが自ら何かをしようとするのなら、俺はそれを見届けるべきだ。

「ところで、魚料理って何を作るんだ？」

「それはお楽しみ、です」

「それもそうか。そっちの方が盛り上がるわな！」

言いながら、俺は邪魔にならないように彼女の近くに立つ。

「俺も料理の勉強がしたいから、傍《そば》で見学してもいいかな？」

「もちろんいいですよ！　わたしの料理が勉強になるかどうかは分かりませんが……」

「そんなことないって。それじゃ見学させてもらうよ」

言って、俺はレイレイが調理する過程を覗くことにした。

他二人は寝室にて、何か楽しげに話している様子である。途切れ途切れに聞こえるが、レイレイのエプロンのことと料理の話をしていた。そりゃ楽しみに決まっているわな。

俺だって、今ドキドキしている。

彼女が一体どんな料理を作るのか。彼女が生きてきた証《あかし》を見るような気分である。

「えーと、まずは生魚をですね」

言いながら、レイレイは魚を手に取る。

彼女が包丁を使う姿を見るのが初めてだから、少し緊張する。けれど、そんな心配は杞憂《きゆう》だった。

素早く、そして丁寧に魚を捌《さば》いていく。

それこそ、魚の捌き方に関しては俺より上手いかもしれない。思わず感嘆してしまう。

見惚《みと》れるというのは、きっとこのことを言うのだろう。

「すげえな」

一瞬にして、綺麗な切り身に変わり果ててしまった魚を見て呟く。

魚もまさか、こんな一瞬にして切り身にされるとは思わなかっただろう。

「ここに塩コショウをなじませます」

「ほうほう」

ここで塩コショウをふるっていうのに、俺は思わず感心してしまう。自分で料理が上手いと言っていただけある。ただ魚を調理するのではなく、しっかり臭《くさ》み抜きもするなんて。

親ばかだって思われるかもしれないけれど、我が子のような娘がしっかりとしている場面を見て感動しないわけがない。

「見ての通り、今は臭み抜きをしています……が、今回はどちらかと言えば下味をつけるのがメインですね」

「そうだったのか？　俺はずっと臭み抜きだと思ってたんだけど」

「違います。実はこの魚、あまり生臭さがないんですよね。なので長時間置いて臭《にお》いを取る必要がありないんですよ」

「そうなんだ……」

知らなかった。

俺もある程度魚の知識はあると思っていたが、実際はそこまでだったらしい。

さすがは釣り好きのレイレイといったところだろう。

知識量が圧倒的に違う。

俺は正直、置いてけぼりになりそうになっていた。が、どうにかしがみつこうとしている最中である。

ここで負けるわけにはいかない。俺も俺で料理は得意な方だと自負しているのだ。ここは彼女の知識を吸収しなければならない。

「ええと、小麦粉小麦粉……」

「ほら。小麦粉ならここ置いてる」

「あ、ありがとうございます！」

ボタンから貰った物資の中には、ある程度調理に必要な物が揃っていた。塩コショウもそうだし小麦粉だってそうだ。他にも油だったり色々貰っている。

彼女はトラブルメーカーな一面もあるが、こういう点では感謝しなければならない。

約束事はしっかりと守るし、何かあれば手助けもしてくれる。

おかげで生活には今のところ困っていないしな。

「小麦粉をですね……薄くまぶします」

レイレイが袋を持って、切り身に薄く小麦粉をまぶしていく。とはいえ、小麦粉自体重たい物なので、なかなかに苦労しているようだった。

「こし器とかがあればもっと簡単なんですが、欲張りはいけませんね……」

確かにこし器があれば、もっと簡単にまんべんなく振りかけることができただろう。フライパンとか鍋は倉庫にあったが、さすがにこし器はなかった。

ここに住んでいた元住人は、それほど料理にはこだわりがなかったらしい。

「にしても……綺麗にやるな」

「私の家も、正直調理器具に恵まれていたわけじゃなかったので……昔もよく『あんな道具があればなぁ』と言っていたものです」

「ははは。俺も似たようなこと言ってた」

調理が趣味になってくると、色々と欲しい道具ってのは出てくる。俺だってフライパンとかにはこだわっていたから、魔法が付与された特殊な物だったりを欲しがったりした。

ただ、そういうのって無駄に高いんだよな。

なんせ調理器具に魔法を付与するっていうのは、簡単に言えば武器に魔法を付与するのと一緒だ。

更に言えば、継続的に魔法が付与された状態を維持しなければならないわけで、そうなってくると武器に魔法を付与したものより値段が高くなってくる。

となると、庶民より貧乏な俺には到底手が出せないことが始まる。

「でも、あるものだけで頑張るのも楽しいんですよね」

「分かるわ。こうやったらもっとうまくいくかも……みたいな工夫が楽しいんだよな」

「そうそう。工夫するのが楽しいんですよ」

貧乏は貧乏なりに、色々と工夫して暮らしている。

金持ちには分からないかもしれないけど、こういうのもわりと楽しい。

「それじゃあフライパンをっと」

言いながら、彼女はフライパンを棚から取り出す。

火の魔道具にフライパンを乗せて、着火した。

「おお……！　文明開化！」

なにげに火の魔道具を使うのは今回が初めてなので、ドキドキした。こんなにも簡単に火が起こせるなんて、人類の技術は最高だ。

ちょっと前までなんて、ミーアの気合いの火起こしだったからな。

それを考えると、めちゃくちゃ成長しているように感じる。

やはりボタンには感謝をしなければならない。

「ここに油を敷いて、お魚をダイヴさせます！」

「おおおお！　いい音だ！」

ジュワっと、魚が焼ける音がする。同時に美味しそうな匂いが部屋中に充満する。深呼吸するだけで、幸せが体中に広がった。

「軽く焼き色がつくまで焼いて……」

レイレイが恐る恐る魚をひっくり返す。おお……すごい綺麗な焼き色だ。見ているだけで、唾液《だえき》が口腔の中で溢れてくる。

全て裏返したら、蓋《ふた》をしてしばらく待つ。

「焼き上がりました！　スレイさん、そろそろわたしが何を作っているのか分かってきたんじゃないですかね？」

「もちろんだ！　これは……魚のムニエルだろ？」

「ピンポーン！　魚のムニエルです！　さすがですね！」

「もちろんだ！　料理好きとして当然の答えだろう？」

「当然です！」

まあ、料理名を当てるなんてお手の物よ。

別にすごいことではないけど……レイレイが褒めてくれるからよし！

さてさて、ムニエルといったらここからが本番である。

美味しい香りが広がってくるのは、これからだ。

「空いたフライパンにバターとニンニクを投入して……っと」

すると、ジュウウという音とともに、これまた最高の香りが広がる。

これだよこれ。ムニエルといえばこれが最高なんだ。

ソースが最高に美味いんだよな。

適度にソースが作れたら、お皿に盛った魚にソースをかけていく。

そして傍にプチトマトを添えたら……。

「魚のムニエル！　完成です！」

「おおお！　最高だぜぇ！」

めちゃくちゃ美味しそうな魚のムニエルが完成した。

まさかこんな辺境でこんなにも美味しそうなムニエルを拝むことができるとは……うーん最高だ。

「できたの!?」

「完成したのね！」

俺たちの声に反応してか、寝室から二人が飛び出してきた。そして、お皿に盛り付けられたムニエルを見るなり目を輝かせて着席した。

「すごい！　なにこの料理！　初めて見た！」

「すごく綺麗ね！　焼き目が輝いているわ！」

もう二人ともべた褒めといった様子である。

まあそりゃこんな技術を見せられたら黙っていることなんてできないだろう。俺だって驚いているんだ。ミーアたちはもっと驚くはずだろう。

「レイレイってこんな料理上手かったんだね！　私、すごく尊敬しちゃう！」

「今度料理教えてくれないかしら！　あたしも、ちょっと興味があるの！」

「えへへ……皆さん落ち着いてください……」

レイレイもご満悦である。

俺はレイレイの後ろで腕組みをしている。さながら彼氏面だ。俺の彼女すごいだろ……みたいなシチュを想像しながら、笑顔で立っている。

うん、想像するだけで気持ちが悪い。

やめよう。

「どうされたんですか？」

「いや……なんでもない。気にするな」

「はぁ」

レイレイは困惑しつつも、未だに騒いでいるミーアたちとワイワイしていた。よかった。これで理由を聞かれたら終わっていた。

俺ってたまに変な妄想をしてしまうんだよな。これ、本当に直さないといけない悪い癖だなと思う。

まあ、なんていうか。

彼女たちが大好きだからこそしてしまう愛情表現と言いますか。いや、むしろそういう風に言うと余計気持ち悪く感じるな。

やっぱやめだ。そもそも考えるのをやめた方がよさそうだ。

「うふふ。ともあれです。皆さんちょっとお待ちくださいね」

言いながら、レイレイはエプロンを外して席に座る。

俺も倣って、レイレイの隣に座った。

「食べたいですよね……？」

「食べたい！」

「食べたいわ……！」

「俺もだ！」

「それじゃあ！」

レイレイは手を合わせて、笑顔を浮かべる。

「いただきましょうか！」

「「「いただきます！」」」

俺たちの声が重なり合い、同時にフォークとナイフに手が伸びる。

魚の繊維にそってナイフを入れて、綺麗に切っていく。そしてフォークを刺して……口の中に放り込む。

「美味しい！　めちゃ美味しいよ！」

「本当に美味しいね！　こんなの初めて食べた！」

「最高だわ！　レイレイすごいわね！」

「えへへ……そんなに褒めても何も出ませんよ」

冗談抜きで、めちゃくちゃ美味しい。

これがレイレイお手製の味……ずっと作ってもらいたい。

もう俺がごはんを作らなくてもいいんじゃないかな。負けを認めてもいいよここまで来ると。

「料理王の座はレイレイに譲るわ……」

「な、何を言っているんですか!?」

正直、俺より料理上手いと思う。だって俺なんてカレーしか作れない男だぜ。カレーよりも断然難易度の高いムニエルを簡単に料理してみせて、なおかつめちゃ美味いとなるともう譲っちゃうよ。

「いや、レイレイの料理に感激しちゃって。もう毎日の料理をレイレイに作ってもらいたい。養ってもらいたい」

「え、ええ」

俺から溢れる言葉に、レイレイは困惑気味である。

すまない……が本音なんだ。毎日料理を作ってほしいよマジで。世代交代の時期なんじゃないかな。

「いやいや……さすがに毎日は……」

「だよなぁ……」

毎日料理を作るなんて、負担大きすぎるもんな。

可能なら彼女に作ってもらいたいけど、実際問題難しいだろう。なんせ、俺だって毎日料理を作っているが全員分調理するとなると、かなり疲れる。

それを毎日お願いするのは、言ってからでなんだけど少し気が引ける。

「交代交代でよければ……わたしも作りますよ?」

「マジでか！　よっしゃ！」

俺は思わずガッツポーズを決めてしまう。彼女の料理が食べれるならなんだっていい。交代交代ウェルカムである。

「レイレイのごはんを楽しみにこれから生きていこう。そうしよう」

「大袈裟ですよ……」

俺の発言に、レイレイは苦笑する。

「でも……いいですね」

ふと、レイレイの動きが止まる。

フォークを机の上に置いて、どこか懐かしむように料理を眺めていた。

「どうした？」

尋ねてみると、レイレイは少し表情を緩める。

「いや、姉さんのことを思い出しまして」

言いながら、クスクスと笑う。

「姉さんもこんな風に喜んでくれていたなって」

「頑張って見つけような。姉さんのこと」

「はい……よろしくお願いします！」

レイレイはぎゅっと拳を握りしめて、満面の笑みを浮かべた。

「ねね！　何の話してるの！」

「なになに？」

「何でもないよ。また機会があったらレイレイから教えてもらったらいいさ」

「ええ！　なんで！」

「なんなのよ！」

全く、二人は本当に賑やかだな。

なんて思いながらちらりと横を見てみると、レイレイは幸せそうにしていた。

彼女の過去は悲惨なものだった。けれど、いつかはそれも思い出になってしまう。風化してしまう。

だが、レイレイは認めようとしていない。

こう言葉を並べてみると、悪い意味に捉えてしまうかもしれない。

俺はもちろんいい意味で言っている。現実を認めない、反逆の意志はいつかきっと自分が望むハッピーエンドに繋《つな》がると思うからだ。

まあ、そんな御託を並べてはいるけれど、俺は所詮一般人で何かを手に入れた人間ではないんだけれど。

ただ、彼女の望む未来を掴む手伝いができたら嬉しい。

そう思っている。

一般人の戯言《ざれごと》だ。

第三章

CHAPTER 3

「セイバァァァァァ!!」

「ファイアァァァァ!!」

「何してんのよおたくら……」

　ミーアが必死で木の枝を回転させ、火種を生成する隣で俺が全力で扇ぎながら空気を送っているとイヴが嘆息しながら声をかけてきた。

「焚き火でもしようかと」

「うん！　魔道具は手に入ったけど、たまには自分たちだけで火起こしするのもいいかなって！」

　笑顔で返答すると、イヴは困り顔で頭をかく。

「いやいや。ファイアーって叫ぶのはギリ分かるけどセイバーってなによ。どういう意味なのよ」

「あれだよ。冒険者とかが必殺技出す時、剣を持ちながらセイバーって言うだろ。それだよ」

「どれなのよ。あなたの冒険者の知識偏りすぎてない？」

「そうかな。昔読んだ小説では冒険者、何かあればセイバーって叫んでたぞ」

「スレイが読んでいた小説が偏ってるのよ。普通はセイバーなんて叫ばないから」

「……そうなのか」

「ちょ、ちょっと落ち込まないでよ。火種作ってるんでしょ？」

「あ、そうだった。ミーア！　気合い込めていくぞ！」

「うん！　セイバァァァァ！」

「セイバァァァァ！」

「はぁ……全く」

イヴに呆れられているが、気にしてはならない。

俺は火起こしをすると決めたんだ。特にここは気合いの入れどころである。

しばらく続けていると、やっと火種ができた。急ぎで枯れ木を投入し、もう一度手で扇ぐ。

パチパチと音が鳴ると同時に、火が徐々に強くなってくる。

「おっけい。完成！」

「やったね！」

俺とミーアはハイタッチを交わして、火に両手を近づける。

くうう……温かい。

最近は寒くなってきたから、こういう自然の温もりっていうのは体に染みるぜ。

「楽しそうですねぇ」

「レイレイも……まあ楽しそうだけど」

「皆さんスープ飲みますか？　簡単なものですけど、美味しいと思いますよ」

「おお！　飲む飲む！」

「私もー！」

「あたしも貰っとくわ」

レイレイからスープを受け取り、ゆっくりと口腔の中を満たしていく。ふむふむ、コンソメスープか。さすがはレイレイだ。めちゃくちゃ美味しい。

「染みるぜぇ……」

ぐっと背伸びをして、体の力を抜く。

思い切り火起こしをしたから、かなり疲れた。

というか、こんなに体を動かしたのは久しぶりだ。

「そういえば、これ」

「ん。なんだ？」

「ボタンからの手紙。なんか届いてたわよ」

「へぇ。あいつ手紙なんて出せたんだな」

「まあ……手紙を出すようなタイプじゃないわよね」

「だよな。どちらかと言えば、突然現れて突然去っていくイメージだよな」

俺たちの中でのボタンのイメージは、一文字で表すのなら嵐である。

嵐のように現れては、こつ然と消える。

なんだか悪いイメージな気がするけど、まんまそれなんだよな。

「で、手紙の内容はっと」

手紙の封を開けて、中から紙を取り出す。

どれどれ……。

「お泊まり会……って可愛いな！」

内容はというと『やっほーお主ら！　元気にしておるかの？　妾は数日お主らと会わなかっただけで寂しさから震えが止まらなくなったのじゃ。スレイ不足で体が禁断症状を訴えておる。このままだと寂しさと禁断症状に苛《さいな》まれて、きっと妾は死んでしまう。妾が死んでしまったらお主らの生活の危機にもなりえる。この震えを止めるためにはお主らの成分が必須なのじゃ。長々と書いたのじゃが、とどのつまりたまには遊びに来い。寂しいわい。せっかくじゃからお泊まり会なんてどうじゃ？　名案だと思うじゃろ！　さあ、来い！　待っておるぞ！　ＰＳ　スレイよ、お主またやりおったな！大好きじゃぞ！』と、こんな感じだった。

うん、この面倒くさい感じは明らかにボタンだ。

汚い字とかまんまボタンのイメージそのままである。

ボタンならきっとこんな字を書くだろう。

「たまにはっつっても、前回会ってそんなに時間経ってないんだけどな」

本当に数日前とかそのくらいである。

ともあれ、いい風に捉えると彼女に気に入られているというわけだから、悪いことではないのか。

……前回みたいに変なことに巻き込まれる可能性も同時に高まっているわけだけど。

「ま、遊びに行くか。世話になってるし、ボタンとは仲良くしていきたいしな」

「大丈夫……？　前みたいに厄介な相手呼ばれたりしない……？」

「大丈夫だろ。なんか補足部分が気になるけど、さすがにもうないと思う……ないよな？」

「あたしに聞かないでよ」

「だよな。とはいえ……何かはあるだろうな。なんせ、これは別件の呼び出しって捉えることもできる。彼女に限って、『ただ遊びたいだけ』で呼び出したりしないだろう。そういう人間には俺には見えなかった」

彼女は何かと裏がある。

何も考えずに行動するような人間ではない。特に俺たちに限って言えば、ボタンにとっては面白い人間なのだ。何かしらあってもおかしくはない。

だが、彼女が持ちかけてくることは結局、俺たちが乗り越えなければならないことがほとんどだと思う。

「ある意味試練だな」

「行くんですか？」

「行かないって選択肢はないな。なんせお世話になってるし、彼女とはいい関係でいたい」

「それじゃあ私行くよ！　お泊まり会とか絶対楽しいじゃん！」

「ミーア……は、まあいいか」

彼女はボタンと相対しても何も考えていないと思う。お泊まり会というワードにだけ反応してるだろ。

別にいいけれど。

「それじゃあ荷物用意して……って別にいいか。というか、持っていく荷物もまともにないしな」

俺はスープを一気に飲み干して、器をレイレイに預ける。

もう一度、ぐっと伸びをして深呼吸した。

「さて、今度はどんな試練が待っているのかね」

「嫌だなぁ……何か嫌な予感がする」

イヴも飲み干して、隣でため息を吐く。

「別にいいじゃないか。その分ボタンはしっかりお土産くれるんだからさ」

「そうだけど……はぁ。スレイは心配性な部分もあるのにお気楽な部分もあるわよね」

「それが人間だ。不完全なのだよ」

「もっともらしく言っちゃって……」

「それじゃあ第三村に向かいましょうか。のんびり歩いていきましょう」

「そうだな。ミーア、火の方消しといてくれ」

「了解！　そいやぁぁ！」

ミーアに頼むと、全力で土を焚き火にかけていた。

……さながら犬だな。

まあ獣人族だから、多少は犬と近しいんだろうけれど。

適当に準備をした俺たちは、もう一度第三村まで繋がる森の中を歩く。

「……そういえばさ」

「ん？　どうした」

ふと、イヴが声をかけてくる。

まさかイヴから声をかけられるとは思わなくて、少し驚いてしまった。

俺は首を傾げる。

「いや、なんでもない」

「ん？　本当に大丈夫なのか？」

何か俺に伝えたいことがあったんだろうけれど。

聞き返してみるが、彼女は首を横に振るのみである。

なんだったのだろうか。まあ、いつかは話してくれるか。

無理に聞くのは何か違うと思うし。喋りたい時に喋ればいいと俺は思う。

ただ、気になるのには変わりないから覚えておくことにしよう。

◆

「待っておったぞ！　久しぶりじゃな！」

「はぁ……めちゃくちゃ迷った」

相変わらず第三村は歩いていて景色が変わらないものだから、普通に迷う。案内がないと遭難してもおかしくはない。

どうにか近くにいた男の人に道を尋ねて、ボタン邸にたどり着くことができた。

前回は第三村の景観について褒めたが、二回目以降となると話は違う。やっぱり景色は変わってほしい。

「それで……どうしてお泊まり会なんて突拍子もないことを言い始めたんだ？」

「それはじゃな！　まあ……本題は最後じゃ！」

「なんだよそれ」

俺が嘆息すると、ボタンが耳打ちしてくる。

「妾も大変なんじゃよ。お主、今回は本当に厄介……ごほん。面白い男じゃの」

「今厄介って言ったよな。なんだよ、確かに厄介な男だけどよ」

「なんでもないのじゃ！　気にするな若人よ！」

「若人とか言っているが、ちなみにお前は何歳だよ」

「十五歳！」

「俺十八」

「年齢差なんて関係ないのじゃ！　そうじゃろ？」

「若人なんて言っときながら……都合がいいなぁ」

別に俺は気にしないけれど。にしても十五歳か。

となると……ミーアと同い年か。

「……」

「どうしたの？」

「どうしたのじゃ？」

「いや、なんでもない」

なんていうか、この二人普通に気が合いそうだよな。性格も似ているし、やることも似ているし。

「てか待てよ。前から思ってたけど、ボタンってそんなに若いのに村の長をやってるのか」

「そうじゃの。妾は十歳の時から第三村の長をやっておる」

「十歳！　すげえな」

こんな荒くれ者しかいない土地を十歳の頃からまとめているなんて想像ができない。

俺が任されたら泣きながら逃げていることだろう。

そう考えると彼女……何者なんだ。

「理由、聞きたいかの？」

「言いたげだな」

「自慢じゃからの！」

俺は少し悩みながらも、話を聞くことにした。

聞いておいて損はないだろうし、更に深く仲良くなるきっかけにもなるかもしれない。

こういうのは乗っておくのが吉だ。

「妾の親は荒くれ者に怯えて逃げた！　その時思ったのじゃ！　もしやこれ……妾が一番偉いポジションになるチャンスなのではないかと！」

ははぁ……一瞬不安になったが、そうでもないらしい。

「そしたらなった！」

「あっさ！　けどすげえな！」

あまりの浅さに思わず声が出た。こんなにも浅い長のなり方なんてないよ。というか、この浅さで取りまとめることができているの本当に奇跡だろ。

「想像以上に浅いわね……ちょっと驚いたわ……」

「浅いと言いますか、すごいと言いますか……」

「かっけー！　ボタンかっけー！」

ミーアだけテンションが上がった様子で、ボタンの周りで跳ね回っていた。耳がピコピコと動いている。

「じゃろう？　妾、かっこいいじゃろう」

「かっけー！　かっけー！」

「ふふふ！　ふはははは！」

なんだか二人だけの世界に入っている。

俺たちは置いてけぼり、といった感じだ。

しっかし、やはりこの二人は性格が合う様子である。彼女たちが揃えば怖いものなんてないだろう。

怖いのは主に周囲にいる俺たちくらいである。

「それでじゃ、せっかくお泊まり会をするのじゃから、色々と楽しみたいとは思わないかの？」

ミーアに抱きつかれた状態で、苦しそうに顔を出して俺たちに聞いてくる。

まあ……そりゃせっかくお泊まり会とやらをやるのなら楽しみたいところだ。その後に待ち構えているものを考えると、少し億劫な部分もあるが、気にしたら負けだろう。

「で、どうやって俺たちをもてなしてくれるんだ？」

「ふふふ！　そりゃもう、いっぱい盛り上がる物はあるぞ！」

言いながら、ボタンは指を曲げていく。

「一つ！　枕投げ！」

「絶対盛り上がるやつ！　なんか納得いかないけど、間違いなく盛り上がる！」

「枕投げしてみたい！　絶対楽しいじゃん！」

「じゃろう、ミーア。お主は分かるよの!?」

「分かるよ！　すっごく分かる！」

「やはりお主と妾は気が合うな！」

「だね！」

相変わらず二人は仲よさげである。

「枕投げ、か。まあお泊まり会の定番じゃないかしら」

「わ、わたし枕投げとかしたことないので興味ありますね！」

枕投げと言えば、本当にお泊まり会の定番中の定番じゃないだろうか。

大人だと恥ずかしい人間もいるかもしれないが、正直内心はめちゃくちゃ楽しんでいる系のやつだ。

俺も十八と一番年長ではあるが、楽しみか楽しみじゃないかと問われれば楽しみだと答える。というか、そこらの同い年よりかは楽しみにしていると思う。

なんせ、俺は幼い頃に見捨てられて以降、ずっと雑用ばっかしていたのだ。友達と遊ぶ機会なんてなかったし、そもそも友達なんていなかった。

そんな環境で育ったため、こういう行事的なのはもれなく楽しみである。

「二つ！　パジャマパーティー！」

「定番！　定番だけどこれも盛り上がる！」

「パジャマパーティーはいいわね。お菓子とか食べながら談笑とかするの良さそう」

「純粋にワクワクします！」

「ひゃっほう！　パジャマパーティー！　いいねぇ！」

パジャマパーティーと言えばお泊まり会の定番だろう。とはいえ、なんだか俺の中では貴族の遊びのようなイメージがある。多分、パジャマでのんびり話をしながらお菓子を食べるって部分に引っかかってるんだろうな。

俺……そんな経験したことないから。

悲しい。普通に悲しい。

でも今はよしとしよう。

なんせ、今から少年時代のスレイくんを払拭《ふっしょく》するであろうお泊まり会をするのだから。いや、文句とか色々言ってたけど、普通に楽しみだ。

パジャマパーティーなんて、楽しまないって方が難しいだろう。

枕投げ、パジャマパーティー、お泊まり会で盛り上がらないわけがないラインナップが揃った。

しかし、ボタンにはまだ立てている指が二本残っている。

まだ隠し玉があるということだ。

一体何がくるんだ。

彼女はまだ何を隠しているんだ。

もう既にお泊まり会に必須なものは出揃っているはずだ。

まだ、まだあるというのか……！

ボタンが一つ、指を折る。

「三つ！　恋バナ！」

「ええ……」

それは……なんだか乙女すぎませんかね。

絶対俺必要ないでしょ。というか、男って絶対邪魔だよね。

俺どうすればいいの。何話したらいいのか分からないよ。

「……いいわね」

「……スゥゥ、いいですね」

「恋バナァァァァ！　最高でしょッッッ！　ボタン最強！」

「じゃろじゃろ！　これは楽しみじゃろ！」

「うん！　もうね、過去一興奮してる！　恋バナ、一度はしてみたかったんだよね！」

「お前らは楽しみなんだな」

「……うん」

「……スゥゥ」

「超楽しみ！」

「乙女だなぁ」

恋バナをしている間、俺はどうしようかな。

さすがに外に出た方がいいよな。女の子同士の方が絶対盛り上がるだろうし。

「いや――」

待てよ。

恋バナを楽しみにしているってことは……彼女たちには気になっている人がいるってことだよな。

それ、保護者として見逃すわけにはいかないよな。

正直、気になる。

一体彼女たちは誰が好きなんだ。

どこのどいつが好みなんだ。

振り返ってみても、男なんて一人も思い浮かばない。他の奴隷商を好きになるわけはないし……となると、第三村に来てからか。

誰だろう。マチェットの男か。それとも斧野郎か。

もしくは……ボタンか。

女の子同士……ガールズラブゥ展開。

なんだろう。ボタンはダメだ。もっと他にいい女の子がいるはずだよ。

俺紹介するよ。いや、紹介する人なんていないけど。みんなのためだったら街を飛び回って探しに行くよ。

だからボタンはやめよう。やめた方がいい。

「どうしたんですか……真剣な表情をしていますが……」

考え込んでいると、レイレイが心配そうに覗き込んできた。

おっと、心配をかけてしまったか。

これはこれは、恋バナに参加する紳士として失敬なことをした。

「なんでもないよ。恋バナ、ぜひとも参加しようじゃないか」

「急に変わりましたね。でも……スレイさんが参加する……ゴクリ」

「参加するのね……」

「これは……楽しみだね」

「おやぁ？　戦の予感がするのぉ」

あ、あれ。なんでみんな緊張しているんだろう。

やっぱり男が参加するのは邪魔だったかな。

なんか急に不安になってきた。

「やっぱり俺参加するのやめとこうか――」

「大丈夫よ！」

「大丈夫です！」

「無問題だからね！」

「お、おう。そうか」

一斉に大丈夫と言われた。

少し驚いてしまう。

あ、俺別にいてもいいんだね。

それじゃあ紳士的にいくしかないな。

乙女の恋バナに参加する以上、ドレスコードはしっかりと。まあパジャマなんだけどね。

「で……最後の隠し玉はなんなんだ」

「聞きたいか？」

「じれったいな。ここまできたら隠すなって」

「ふふふ……なら聞くがよい！　最後の隠し玉を！」

そう言って、ボタンは最後の指を曲げる。

「四つ！　温泉！」

「……は？　マジ？」

「マジじゃ」

「冗談じゃなくて？　薬湯とかじゃなく？」

「源泉かけ流しじゃ」

「嘘だろおい！　そりゃ最高じゃないか！」

隠し玉は本当に隠し玉だった！　まさか温泉だなんて思わなかった。

というか、温泉に入れるなんて思わなかった。

お泊まり会にしては豪華すぎやしないか！　さすがはボタンだ！

「温泉!?　それ……すごいわね！」

「本当ですか！　楽しみすぎるんですけど！」

「ボタン、パなすぎる！　やっぱりボタン最高だよ！」

ミーアはもちろん、これに関して言えば全員のテンションが上がっていた。いや、温泉でテンションが上がらない方が難しい。

めちゃくちゃ楽しみだ。

「一体温泉なんてどこにあるんだ？　見た感じ第三村の中にはないよな？」

聞いてみると、ボタンはこくりと頷く。

「第三村の中にはないな！　というか、第三村の中にあったとしても風情がないじゃろ」

それは確かに……。

温泉ってのは、もっと自然の中にあるイメージだ。

自然の中で、のんびりとお湯に浸かるのがたまらないんだろうなぁ。

「もしかして自然の中に？」

「もちのろんよ！　第三村近郊の森の中にあるぞ！　それはもう風情たっぷりで最高じゃ！」

「おお！　めっちゃ楽しみだ！」

自然の中……源泉かけ流し……もう盛りだくさんである。

「まあ、本番も本番で覚悟しておれよ！」

「……そういやそんなのあったな」

本番というのは、お泊まり会本番のことじゃないだろう。

今日、一番最初に顔を合わせた時に言っていたアレのことだ。

「特にイヴ。お主じゃ」

「あ、あたし？」

急に指名されたイヴは困惑しながら、自分を指差す。俺も俺でイヴの名前が出てくるとは思わなくて驚いてしまう。

どうして急にイヴなのだろうか。

「これはイヴと深い関係がある。まああれじゃ。自分との戦いじゃの」

「は、はあ」

相変わらずボタンが言っていることは意味が分からない部分がある。

とはいえ、実際のところイヴに関係があるのは確かなのだろうから、覚悟はしておいた方がいいのだろう。

お泊まり会……はあくまで前座。本番がある上でのもてなしの一つ。

なんていうか、複雑な気持ちだな。

「ともあれじゃ！　妾は全力で楽しみたいから、それまでは遊びまくるぞ！」

「だってよ」

「まあ、せっかくだしね。遊びまくりましょ」

「ここまでしてくれているんです。遊ばないと失礼ですしね！」

「遊ぼう！　遊びまくろう！」

全員の意見が一致したということで、俺たちは遊びまくることにした。

ここはボタンに上手いこと乗せられることにしよう。

「うむ！　しかし、まだまだ夜までは時間がある。それまで何をするかというと……」

ボタンはくくくと笑いながら、指を弾《はじ》く。

「銃撃戦じゃ！」

そう言うと、ボタンの部下が俺たちに何かを手渡してくる。

「これは……水鉄砲？　んで、紙か」

「なんでしょうね、これ」

「何をする気？」

「なにこれなにこれ!?」

尋ねてみると、ボタンはニヤニヤしながら腕を組む。

「だから銃撃戦じゃ。配った紙を自分の胸と背中に吊り下げ、お互いその紙を狙って水鉄砲を放つ。濡れた者は死……脱落じゃ！」

「おい……ちょい待て。こういうのって普通は暑い時にしないか？　今、クソ寒いぞ」

「寒い時にする方がドキドキするじゃろ？」

「いや、風邪ひくわ」

「まあよいではないか！　たまにはこういうのもありじゃろ？」

「……しゃーねえ。終わったら速攻温泉な」

俺は銃を構えて、ふうと息を吐く。

これが終わった後、温泉が待っていると思うと少しばかり楽だ。そりゃ寒いのには変わりないけど、まあ乗り越えることができる範囲である。

「じゃあお主ら、準備をしたまえ！」

「はいはい」

「はーい」

「了解です」

「はいはーい！」

俺は紙をぶら下げ、銃の中に水をいっぱいに入れる。

「準備できたかの？」

ボタンの問いに、俺たちは首肯する。

すると、遂《つい》に来たかと言わんばかりに笑いながらボタンは水鉄砲を構えた。

「それじゃあお主ら、散れ！　開始の合図は部下が空砲を打つからの！」

「とりまミーアは最速で撃ち殺すからな」

「なんで!?」

「いや、宣言する方が面白いかなって」

「やめてよ怖いじゃん！」

「だってそういうゲームだし」

「まあいいけど……ともあれ、みんな覚悟しててね！　私もみーんなをぶっ殺す気で行くから！」

「ははは……なんか発言がいちいち物騒だな」

そんなことを言いながら、俺たちはバラバラになっていく。

やはり第三村ということだけあって、歩いているだけで迷子になりそうだった。

けれど、逆にそっちの方が、こういうゲームにおいては楽しいだろう。

「お、ここら辺がいいかな」

スタンバイするにはちょうどいい物陰を見つけたので、俺はそこに身を隠す。

息を殺して、さながら軍隊のように待機する。

なんだろう……これ、めっちゃドキドキする！

文句は言っていたが、やっぱり楽しいな。

俺は銃を構えて、試しに一度発射してみる。

うん、問題なく水は出るな。

そろそろ他のみんなもスタンバイできた頃合いだろう。

俺がしばらく待っていると、どこからともなく破裂音が聞こえてきた。

「戦闘開始ってことだな！」

俺は銃を構えながら、村の中を駆ける。

相手がどこにいるのか分からない緊張感で妙に心が躍る。

「とりあえずミーアだな……！」

宣言通り、俺はミーアを狙うつもりでいた。

しかし……全く人が見当たらない。そりゃ一般人は普通にいるが、このゲームに参加している人物が一切見当たらない。

「これは危なそうだ……」

俺は近くの物陰に隠れて、考えに耽る。

よくよく考えてみれば、相手はこの村を知り尽くしているボタン。

それに俺とは身体能力が全く違う子たちだ。普通の戦闘を考えるのが間違っていたのかも知れない。

「……ヤバいかもな」

「普通の思考だと、ヤバいかもですね」

「ああ。普通より更に一段階上に――」

俺は咄嗟にバックステップをする。

「レイレイ⁉」

「こんにちは」

急に隣に現れたレイレイに俺は動揺を隠せない。

いつの間に。というか、どうやって俺の隣に移動してきた。

「ど、どうやってここに……」

俺が声に出すと、レイレイは笑顔で上を指差す。

「屋根の上を移動していました」

「それ……反則だろ！」

叫びながら、銃を構える。

やっぱり人外染みたことをしてきやがった。

相手は普通の人間なんだぞ。もう少し優しくしてくれよ。

「遠慮はしませんよ。こういうバトルはいつも全力です」

「たっく……！　もちろん俺もだ！」

「そうこなくちゃですね」

言いながら、俺は建物の陰へと飛び込む。

どうにか受け身を取って、ぐるりと地面を転がる。

「ちょ、ちょっと！　どこ行くんですか！」

俺はそのまま、家々の陰を走り抜けていく。もちろんこれは俺の作戦の一つである。

まあ、さっき思いついたことなんだけど。

後ろを振り返ってみると、レイレイが必死で俺のことを追いかけてきていた。屋根の上へと登る身体能力はあるようだが、走力はあまりないらしい。

地上戦なら、俺の方が上手ってことだ。

だが……。

「俺の作戦!! 全力で逃げる!!」

「え、ええええ!? 全力でやるって言ったじゃないですか!?」

「レイレイと……というかお前ら三人と正面からやりあったら負けるに決まってるだろ！ だから全力で逃げるんだよ！」

「卑怯《ひきょう》です！」

「卑怯でも問題ないね！ 俺は生憎と物語に出てくるような正義のヒーローとは違うんだ！ 時には姑息に戦わせてもらう！」

「なぁぁぁぁぁ!!」

そもそも、俺のターゲットはミーアなんだ。最初に宣言しちまった以上、狙わないと男じゃない。

まあ……今やってる行動自体、男じゃないと思うんだけど。

でも問題ないさ。今どき男だの女だの気にする方がダメなんだ。世の中は男女平等社会、性別なんて関係ない。

なんせ、世界には男女平等パンチなんて言葉があるんだぞ。物騒にも程があるが、俺は嫌いじゃないね。

「このままレイレイを撒《ま》いて、どうにかミーアを探しに……」

瞬間、急に足元に黒い影が伸びてきた。

「なっ⁉」

伸びてきた影は、俺から伸びている影を掴んでくる。

「う、動けねえ……！」

どんなに足を動かしても、全く動かない。

まるで、何者かに足を掴まれているかのようである。

いや、というか俺は多分掴まれている。足元を見てみると、俺の足の影を、レイレイから伸びている影が掴んでいた。

「レイレイ！　お前魔法使ったな⁉」

俺はレイレイが立っている方向に叫ぶ。

「ふふふ……ボタンさんは魔法禁止だなんて言っていませんからね」

「卑怯だぞ！」

「あなたが言いますか……」

「都合がいい時だけ卑怯だぞって言うんだよ。それが人間だ！」

「そんな物語最後に主人公が言っていそうな言葉を、こうも悪役が言いそうな言葉に変換できるの才能ですよ……」

「あまり褒めるな。照れるだろ」

「褒めてないですよ……」

そう言いながら、レイレイは俺に銃を向けてくる。

これ、絶体絶命だ。

「申し訳ありませんが、スレイさんはここで退場です」

「……俺が退場か。俺って、そんな序盤で死ぬような人に見えるか？」

「今のところ、最序盤で死ぬような言動しかしていませんが……」

「否定はしない」

さっきから逃げ回っていたり、卑怯だったり、そこいらのちょいワルが言ってそうなセリフばっかり喋っているのは事実だ。ともあれ、それはそれ。これはこれである。

俺は生憎と、そう簡単に脱落するような人間ではない。

長生きする人間ってのは、三つ存在すると思う。

知恵が高いやつか、戦闘能力が高いやつか、それとも単純に運がいいやつか。

戦場では、常にこの三パターンだと思う。俺はそれを小説で学んだ。ついさっきイヴに『あなたの読む小説偏ってるわよ』なんて否定されたが、俺は確かに小説で学んだ。

そして、実際それが事実だと思っている。

「レイレイ、今ここにいるのは俺とお前だけだ」

「そうですね。でも、それがどうしましたか？」

「でもさ、このバトルは俺とお前だけの戦いじゃない。他にも三人がいる」

俺はそう言いながら、ニヤリと笑う。

「どうやら闖入者《ちんにゅうしゃ》がいるらしい」

「ちっ……バレてるのね」

「え、ええ!?」

レイレイの背後には、イヴの姿があった。

銃を構えて、すぐにでも射撃できる態勢にいる。

「い、いつの間に!?」

「さっきからずっとよ。それにしても、スレイにバレてたなんて……」

「わりいな。俺は昔からの癖で、観察能力には自信があるんだ。そう簡単には完全に隠れるなんて芸当できないよ」

言って、俺はイヴに向けて銃口を向けた。

「今、この場ではイヴはレイレイに銃口を向けて、俺はイヴに銃口を向けている。つまり三角関係ってわけだ」

俺は足を拘束されているが、腕は自由である。

そして、戦いが始まる前にこの銃がどれほどの距離まで届くのか確認している。

この距離からなら、余裕でイヴを撃ち抜くことができるだろう。

「戦場は残酷だ。常に状況は揺れ動く」

「な、何が言いたいんですか！」

戦場で生き残る人間は三つ存在すると言った。

俺はある程度考えることができる。あまり自信はないが、それ相応の修羅場は知恵で乗り越えてきた。そして運もある。幾度となく死にそうになったが、乗り越えてきた。

それは今の状況でも発揮されている。

「レイレイはこの状況で、俺と組まないかって言ったら組むか？」

「……組みません。確かに三角関係になってはいますが、スレイさんは少し銃口を横にやれば、わたしを狙えます。あまりにも不利です」

「正解だ。ならイヴはどうだ。俺と組まないかって言ったら、俺と組むか？」

「組むわ。今の状況的に、あなたとあたしが組めばレイレイは同時に狙える。裏切りの可能性も少ない」

「正解。それが模範解答だろう」

二人を見た後、パンと手を叩く。

「さて、最終投票だ。俺と組む人だーれ？」

俺は手を上げてみせて、二人の返事を待つ。

数秒の間の後、静かにイヴが手を上げた。

「どうやら運は俺に回ってきたらしい」

言って、俺はレイレイがぶら下げている紙に向かって水を放つ。

見事に紙は撃ち抜かれ、レイレイは水に濡れた。

「卑怯です‼」

「いや、マジですまん……だって俺が勝つ手段って完全にイヴと組むしかなかったもん」

「それでも卑怯です！　誰かと組んでいいなんてルールにはありません！」

「でもボタンは、はっきりと明言してはいない。レイレイの魔法と一緒だ」

「んんんん‼　ひーきょーうーでーすー‼」

珍しく、レイレイが両手を全力で振って抗議をしている。彼女がこうやって相手の非を主張するのって珍しいな。

「でもよ、お前の魔法だって卑怯だろ……。相手の動き封じるんだぜ？　反則だろこれ」

「それは……そうですけど」

「んじゃそういうことだ。今回は許してくれ」

「んんんん！　でも……仕方ありませんね。今回はわたしの負けです。観戦でもしていますね」

そう言いながら、レイレイは銃を地面に置く。

手を上げて、降参とアピールした。

「……卑怯」

「戦略と言ってくれ。響きが悪いだろ」

「まあ生き残れたから、あたしはいいけど」

イヴが隣まで歩いてきて、耳元でぼそりと呟いた。

敵意は感じられない。どうやら俺のことを信用してくれているらしい。

「で、あたしと組むんでしょ。今更さっきのは冗談だなんて言わないわよね」

「当たり前だろ。ま、このゲームはチーム戦じゃない。最後には敵同士にはなるけどさ」

「別にいいわよ。その時はあなたをぶっ倒すだけだから」

「ふふ。案外お前も楽しんでるのな」

そう言うと、イヴは耳を赤く染める。

「うるさいわね。あたしを何かと勘違いしてない？」

「そうだな。ツンデレ娘だと思ってる」

「……っ！」

イヴがこちらに銃を向けてきて、ううと唸る。

俺は手を上げて、横に首を振った。

「ごめんごめん。悪かったって」

「悪かったって思うなら、ツンデレ娘なんて言わないで」

「はいはい。んじゃ、お前は今日からツンツン娘な」

「それはやめて。何か面倒な娘みたいじゃん」

「んじゃデレデレ娘？」

「それも嫌！」

「って、うお！　マジで撃つやつがいるかよ！　危うく俺脱落しかけたぞ！」

「そういう人は脱落すればいいのよ」

「やっぱさっきのなしな。お前はツンツン娘だ。異論は認めない」

「もういいわよそれで。あたしはツンツン娘ですぅ」

早速俺たちのチームは崩壊の危機であった。

お互いがお互い、いつ撃ち合ってもおかしくない状況である。

「……で、ボタンとミーアだな。あいつらはどうしてるか知ってるか？」

「知らないわ。あたしも探してみたんだけど、見つけることができたのはあなたたちだけだった」

「マジか……正直、あいつら二人を相手するのはキツイんだよな」

ミーアは身体能力がずば抜けて高い。宣戦布告したものの、正面からやりあえば勝てる見込みなんてゼロに近い。

そしてボタン。彼女も彼女で厄介だ。身体能力は不明だが、とにかくこの村のことを一番把握している。どこからともなく現れ、勝利をかっさらっていくシチュも考えられる。

ただ、正面からやりあって勝てる見込みがあるのはボタンだ。

「ひとまずボタンからやるか。ミーアは最後にしよう」

「待ってよ。ちょっとおかしいって思わない？」

「ん？　何が？」

俺が進もうとすると、イヴが止めてくる。

首を傾げてみせると、イヴは嘆息した。

「ボタンとミーアって、多分この中だと特に好戦的な部類に入ってくると思うの。そんな彼女たちと未だに出会っていないって、おかしいって思わない？」

「それは……確かに」

試合が開始して、時間もある程度経過している。あれほど殺意と気合が高かった二人と出会っていないのは確かに不自然だ。

「万が一、二人は既にやりあっていて、どっちか片方が脱落していたとしても……未だにこちらに向かってきていないのはおかしいわ」

イヴは顎に手を当てて唸る。

そして、指をピンと立てて苦笑する。

「これ、もしかしてあたしたちさ。嵌《は》められてるんじゃない？」

「嵌められてるって……二人の術中にか？」

「ええ。ボタンとミーアは気が合うようだし、あたしたちと同じようにチームを組んでいてもおかしくはない。そして、今こうやって話している間には既に、もうあたしたちは彼女らの思うツボって可能性がある」

言いながら、イヴは上を眺める。

「やっぱり」

刹那《せつな》、イヴの瞳が赤く光った。

同時に俺はイヴに押し倒される。

「うお!?」

思い切り地面に体を打ちつけられ、変な悲鳴が漏れた。思わず銃を手放しそうになったが、慌てて掴む。

「攻撃がきた」

隣をちらりと見てみると、地面が水に濡れていた。

水の跡からして、明らかに上から攻撃されたものである。

「一旦逃げるわよ！」

「わ、分かった！」

俺はイヴに引っ張られるまま、家々の間を走り抜ける。

しかし、いくら走っても視界に映る光景は変わらない。本当に俺たちは逃げることができているのだろうかと疑ってしまう。

それはイヴも同じだったようで、

「ダメだわ、これ」

と下唇を噛んでいた。

だんだんとイヴの走る速度が低下してくる。最後にはゆっくり立ち止まって、正面を眺めた。

「やっぱり嵌められた」

「ふはははは!!　やぁやぁお主ら！　ボタンである！」

「っ！　ボタン！」

建物の陰から、銃を持ったボタンが飛び出してきた。

ニヤニヤと笑いながら、俺たちに銃を向けてくる。

俺も対抗するように銃を構えようとするが、上げようとする腕をイヴが止めてくる。

「今ボタンを撃ったら、あたしたち終わりよ」

「え……？」

「上、見てみてよ」

「上？」

俺は言われるがまま、見上げてみる。

「ははは！　気がついた⁉」

「ミーア……！」

家屋の屋根の上には、ミーアの姿があった。

銃をこちらに向けて、笑顔を湛えている。

「ずっと見られてたのよ、あたしたち」

「その通りじゃ！　お主らの行動はずっと、ミーアとともに把握しておった！」

「なっ！　卑怯だろ！」

「お主が卑怯という言葉を使うか」

「当たり前だろ！　今の状況を卑怯と言わずなんて言うんだ！」

「レイレイ戦も眺めていたが……お主もなかなかに卑怯じゃったぞ」

「あれは作戦だ」

「妾たちも作戦じゃ」

「んじゃお互い卑怯ってことだな！」

「そうじゃな！　お互い卑怯者ということで仲良くしようじゃないか！」

「はははは！」

「ふははは！」

腰に手を当てて俺たち二人は笑ってみせる。

数秒ほど笑った後、ふうと息を吐いて相手を見た。

「ぶっ倒す」

「妾もじゃ」

銃を構え、横に回転しながら水を放つ。

ボタンは咄嗟に壁に隠れて、俺が放った攻撃を回避した。

「ちょ!?　急に始まった!?　止めなきゃ！」

ミーアは慌てた声音で俺に銃口を向ける。

が、俺はミーアにピースサインを送ってやった。

「な！　煽《あお》ってきた！」

「今俺を撃ったらヤバいぜ。後ろ見てみろよ」

「え？」

「あなたの相手はあたしらしいわ」

ミーアの背後には、イヴが立っていた。

「嘘でしょ⁉」

先程、ボタンに対して俺が攻撃した瞬間。彼女の目は俺だけに集中した。

その間に、イヴが彼女の背後を取ったということだ。

「んじゃそういうことで！　イヴ、頼んだぞ！」

「全く……多分あたし負けるわよこれ」

そう言いながら、イヴはため息を吐く。

「まあいいわ。今回は遊びだからスレイに乗ってあげる」

「もう！　私はスレイとやりあいたかったのにな！」

ミーアとイヴが相対したのを確認した後、俺はボタンが隠れたであろう陰へと向かって走る。

自ら突っ込むのは危険でしかないが、博打をするのも悪くはない。

俺は建物の陰へ向かって銃を向ける。

「よぉボタン。俺とお前、タイマンらしいぜ」

「そうじゃな。妾はこの村の長。お主は可愛い女の子三人のリーダー。お互い何かの代表同士、仲良くしたいところよの」

ボタンの銃口が俺の額に向けられる。

俺も倣うように、ボタンの額に銃口を向けた。

「額に当てても脱落にはならねえぞ？」

「そっちの方が雰囲気あるじゃろ？」

「分かってんじゃないか」

「妾は分かる女じゃからのう」

人差し指に力を込めようとした瞬間、俺の手から銃が転げ落ちる。

一瞬何が起きたのか理解できなかったが、ボタンの動きでやっと理解できた。

「いっ!?」

俺が持っている銃を蹴り飛ばしたのだ。

人間業とは思えない動きで、アクロバットに宙を舞っている。

「狙いうちじゃ！」

「させるか……！」

咄嗟の判断でボタンに向かって体をぶつける。

「ぬお!?」

ボタンは大きくよろけて、最後には思い切り倒れた。

銃は地面を転がり、手から離れた場所に飛んでいく。

俺はボタンに馬乗りになった状態になる。

「お主……スケベじゃな」

「そういう想像するお前の方が、頭の中ピンク色なんじゃないか？」

「思春期乙女じゃからな」

「思春期乙女が言う言葉じゃないな」

言って、落としてしまった銃の場所を探す。

……あった。でもかなり距離がある。今取りに行こうとすると、ボタンから離れてしまうことになる。

だが……ボタンが落とした銃は近い。

俺が落とした銃とボタンが落とした銃は距離も離れているから、彼女の銃を取りに行けば比較的安全に勝利を収めることができるだろう。

この勝負、勝ったな。

「じゃ、お前の負けだなっ！」

ボタンが落とした銃に向かって走り、どうにか掴む。

「俺の勝ちだっ!!」

勝利を確信しながら、引き金を引いた。

だが。

「あ、あれ。出ねえ」

いくら引き金を引いても、水が発射されない。

慌てて中身を確認してみると、水は空っぽだった。

「大馬鹿者」

「はっ⁉」

瞬間、俺の胸が水に濡れる。

ふと顔を上げてみると、ボタンが小さな水鉄砲を向けてきていた。

「サブウェポンじゃ」

「て、てめぇ！　卑怯だろ！」

「勝負の世界は卑怯な者が勝つのじゃ！　ふははは！　泥試合だったの！」

「この思春期脳内ピンク乙女野郎……！」

「思春期脳内ピンク乙女野郎で何が悪い！　妾は褒め言葉として受け取るぞ！」

「……たっく。勝ちたかったな」

俺は手を頭の後ろにやって、息を吐く。

せっかくならボタンをボコって勝ちたかった。が、相手の方がやはり上手だったらしい。

ルールが詳細に決まっていないところを、見事に突いてきやがった。本当に上手いことするもんだ。

「そろそろ向こうも勝負が着いた頃合いじゃないかの？」

「かもな。様子見に行ってみるか」

言って、先程イヴとミーアが相対していた場所へと向かう。相変わらず第三村の中は迷いそうになるのだが、さすがは村の長である。ボタンは一切迷うことなく、先程までいた場所へと案内してくれた。

……のはいいのだが。

「私の勝ち!!」

「いーや、あたしの勝ち！」

「ちょ、ちょっと！　二人とも落ち着いてください……！」

そこには、お互いの胸を濡らしていがみ合っているイヴとミーア、そして困り果てているレイレイの姿があった。

「一体何があった？」

「それが、お互い相打ちになってしまったようで……。どっちが先に当てたのか喧嘩になっているんです」

なるほど。だから喧嘩してんのか。

「よくないぜ二人とも。喧嘩はやめよう……」

「だってイヴが！」

「ミーアが！」

「や、やめよう……」

「……？　どうしたの？」

「スレイ？」

よく見てみたら、ミーアとイヴの服……めちゃくちゃ透けてないか？　イヴは下着が見えちゃってるし、ミーアに関しては下着を着けてないから――。

「そいっ」

「あがっ!?」

突然後頭部に衝撃が走り、意識が薄れる。

朦朧《もうろう》とする中、どうにか後ろを振り返ってみるとボタンが銃の角を構えていた。こいつ……殴りやがったな。

「思春期脳内ピンクはどっちじゃ本当に」

「い、いや……これは……」

「天誅じゃ！」

「うっ……!?」

どうにか意識を保とうとしたが、さすがに二度目の攻撃は無理だったらしい。

一気に体の力が抜けるのを感じ、耐えることもできずに気を失った。

◆

「生きておるかー。死んじゃったかー。死んだなら返事をせーい」

「……気持ち悪い」

「お。やはり死んだか。それじゃあお主がセクハラの罪で地獄に行くよう祈ってやるからの」

「この声はボタン……か。って、俺はまだ死んでないっつうの」

まだ意識が朦朧としていて、目を開けるのも気だるい。

俺はどうにか声だけで、ボタンに返事をする。

「なんだ。生きておったか。残念じゃな」

ああ……気持ち悪ぃ。頭がぐらぐらする。

ボタンのやつ、遠慮せず殴りやがったな。

俺になら何でもしていいとか勘違いしてるんじゃないのかマジで。

「ん、ああ……」

どうにか瞳を開けると、ふとボタンと目が合う。

どうして見上げるとボタンの顔があるのか、理解できずにしばらく考えていたのだが、なんとなく理解した。

これ、ボタンに膝枕されてんな。

「やっと目を開けよったか。喜べ、乙女の生足じゃぞ」

「嬉しくねぇ〜」

心から出た本心である。

ボタンより、もっと可愛いお姉さんに膝枕されてぇな。

俺はゆっくりと体を起こし、周囲をちらりと確認する。

「……」

「……」

「……」

「三人は……どうして俺のことをガン見してるんだ？」

「セクハラをしたからじゃないかの？」

「え、ああ。あれは違うんだ。純粋に心配になってさ」

そもそも俺は彼女たちの裸なんて見慣れている。だってこの三人、お風呂上がったら全裸で出てくるもん。俺のことを何だと思っているのだろう。

「分かってるよ」

「分かってます」

「分かってるわよ」

「……ならどうして、そんなにむすっとしているんだ？」

俺が首を傾げて聞いてみると、三人はボタンの方を指差す。

「え、膝枕？」

「「膝枕！」」

膝枕の何が悪かったのか理解できずに、俺は変な声が出てしまう。もしかしてボタンの膝枕が羨ましかったのか。

はっ……！　そう言えば彼女たちの中にはボタンが好きかもしれない人がいたんだったな。それは許されない。今すぐにでも諦めてもらわなければ。

「ボタン、膝枕を頼む」

「お、おう」

俺はそう言って、ボタンの膝に頭を埋める。

「あああ!!」

「何やってるんですか!!」

「ちょっと!!」

三人が慌てて駆け寄ってくる。そして、俺の体を掴んで思い切り引っ張ってきた。

もちろん俺は三人の力に勝てるわけもなく、普通に引きずり下ろされる。

転がった俺は、床から三人を見上げた。

「ボタンはダメだよボタンは!」

「ここはわたしたちですよね!?」

「あたしたちじゃなくて、どうしてボタンに膝枕を率先的にやってもらってるのよ!?」

え? 俺何かしちゃいました?

「全く! 私たちが膝枕をするって話をしたのに、ボタンは無視してくるんだから!」

「ええ? そうだったのか?」

「そうだよ! レイレイもそうだし、イヴも賛同してた!」

「はい!」

「レイレイは分かるけど、イヴもなのか?」

「……うるさい」

なんだよ、またツンデレかよ。

可愛いなおい。

「お主は幸せ者よのぉ。妾もそんな感じに求められたいものじゃ」

そう言いながら、ボタンは立ち上がる。

俺もさすがに床に転がったままなのはあれかなと思い、よっこらせと腰を上げた。

「で、結局銃撃戦の結果はどうなったんだ？　途中で気絶したから知らないんだよな」

「結果は妾の勝ちじゃ！　喧嘩をしていた二人は最終的に諦めて、妾に勝利を譲った！」

「へぇ。イヴは分かるが、ミーアが勝利を譲ったんだな」

珍しいな、と思っているとレイレイが苦笑する。

「あまりにも喧嘩が酷かったので、少し怒ったらミーアさんが怯えちゃって」

あー……レイレイを怒らせたか。彼女、怒ったら怖いんだよな。イヴもイヴで怖いけど、怖さのジャンルが違う。

イヴは純粋な恐怖だが、レイレイに関しては触れてはいけないものに触れるような。

「怖かったよ……」

ミーアが虚ろな瞳でぼやく。

本当に怖かったんだな……。

「まあいいのじゃ！　ともあれ楽しかったじゃろ？」

「ああ、久々に遊んだよ」

「楽しかった！　レイレイは怖かったけど……」

「わたしもです！」

「あたしも」

「ふははは！　満足そうで何よりじゃ！　して、イヴよ」

ボタンがふと、イヴに声をかける。

また、彼女への指名だ。

今回はやはりイヴ関連のことで間違いないのだろう。

「調子はどうじゃ？」

「ちょ、調子？　どうしたのよ急に」

イヴは困惑した様子で、小首を傾げる。

まあ、それもそうで、俺だって突然そんなことを言われたら困惑するだろう。

「前にも言ったが、今回はお主に深く関わってくることじゃ。あえて言うが、お主に客人が来ておる」

「あたしに？」

イヴに客人って……それはどういうことだろうか。

彼女に直接関わってこようとする客人なんて、俺には想像できない。

「妾からのアドバイスは、過去と向き合えということじゃ。スレイにでも話をしてみたらどうじゃ？」

「過去……」

言いながら、イヴは少し黙る。

しかしすぐに顔を上げて、ため息を吐いた。

「大体、客人が誰かってのは想像が付いたわ」

「ふむ。やはりイヴは賢いの。まあ、まだ会う時ではない。繰り返すが、一度スレイと話をしてみるのじゃ。そのための、今回の会じゃ」

ボタンは指を振りながら、その場をくるくると歩く。

そして、一度立ち止まって俺の方を見てきた。

「誰かと話す。そういう場として、ぴったりなものがある」

「ええと。それは？」

聞くと、ボタンは胸を張って笑ってみせた。

「温泉じゃ！　裸の付き合いってのが一番じゃからな！」

「温泉って……なるほどな。そのための温泉か——って裸の付き合い⁉」

「そうじゃが？」

「男女って分かれていないのか⁉」

「混浴じゃ。男女を分けるなんて面倒なこと、するわけないじゃろ」

「それは不味いんじゃないか⁉」

「喜べ！　妾の裸も拝めるぞ！」

「よくねえよ！　全くよくねえよ！」

頭が痛くなってくる。

どうしてこうなった。混浴だなんて、普通ありえねえだろ。

「なあ。お前らも嫌だよな？」

俺は助け舟を求めて、三人に聞いてみる。

「私はいいよ！」

「……ワタシモイイデス」

「……うん」

「お前ら⁉」

「そういうことじゃ！　よかったの！　スレイ！」

「待ってくれ！　これは強制イベントなのか⁉　回避不可能なのか⁉」

「諦めろ！　時には諦め、身を委ねるのも大切じゃぞ！」

言って、ボタンが俺の背中を叩いてくる。

嘘だ……混浴だなんて嘘だ……。

終わる。全てが終わる。

「セクハラってレベルじゃねえぞ……これはよぉ……」

「仕方ないの。んじゃお主だけサービスでタオルを渡しておいてやるのじゃ」

「ええ……ちょっと待ってよ」

「それじゃあ行くぞお主ら！　温泉じゃ！」

「おおお！」

ボタンが腕を掲げると、ミーアが笑顔で。残り二人は無言で腕を上げる。

こいつら……ノリノリだ。

「お主は腕、上げないのか？」

「……おお」

とりあえず、俺だけ上げないのは問題かなと思って上げてみた。

内心は冷や汗でビショビショである。俺、どうなるんだ。

◆

第三村を出て、俺たちは森を歩いていた。相変わらず森は薄暗いが、温泉と言われると、むしろ秘境感があって胸が躍る。

問題なのは、これが混浴だという点なのだが。

「そろそろじゃぞ！」

ボタンはステップを踏みながら、森の中を駆け抜けていく。俺たちも慌てて、彼女の背中を追いかけた。

すると、頬を温かい風がかすめていく。

しばらく走っていると、湯気が見えてきた。

「どうじゃ！　妾自慢の温泉じゃぞ！」

そこには、岩で丸く囲まれた温泉があった。森の雰囲気と湯気も相まって、さながら秘境の温泉感がある。

「おお。これはすごいな」

本心からそう思った。

この瞬間だけは、混浴であるという事実も忘れた。

まあすぐに思い出したんだけど。

「温泉だぁぁぁぁ!!　初めて見た！」

「いいですね！　すごく気持ちよさそうです！」

「ちょっとテンション上がるわね」

三人も嬉々としているようである。

これ、混浴だけど。

「じゃろじゃろ！　テンション上がるじゃろ！」

ボタンは満足そうに笑いながら、温泉へと近づく。

「よいしょ」

「は、はぁ!?」

突然服を脱ぎ始めたので、変な声が出てしまう。待て待て、お前何してんだ。

「？　何かおかしなことしておるかの？」

「おかしなことしてるだろ⁉　混浴ってのは分かってたけど、今俺の目の前で脱ぐか⁉」

「お風呂くらい気にすることじゃないじゃろ」

「気にするだろ！　なあ三人とも！」

俺は三人の方に振り返る。

が、何故か三人も服を脱ごうとしていた。

「おい待て！　お前らも何やってんだ⁉」

「え？　温泉に入ろうとしているだけだよ」

「そうですが……？」

「もしかして、今更気にしてるの？」

「いやいや気にするだろ！　気にしないわけないだろ！　なあボタン！　これは不味いんじゃないのか⁉」

「不味くないじゃろ。だって温泉じゃぞ？　お風呂じゃぞ？」

「いやいや。んじゃ、なんでイヴとミーアがびしょ濡れになった時俺を殴ったんだよ！　裸がよくて、なんであれはダメなんだよ⁉」

「だって服が透けるのはあれじゃろ。なんかダメな方のエッチさがあるじゃろ」

「そういう問題なのか⁉」

「そういう問題じゃないのか？」

ダメだこれ。埒《らち》が明かない。

「つまり……俺は諦めろと？」

「現実を受け入れるのじゃ。というか喜べ。可愛い女の子の裸が拝めることを」

「はぁ……これ以上何言っても無駄か」

俺は嘆息しながら、近くの木陰に移動する。

「それじゃあ俺も服脱ぐわ。絶対に見るなよ！」

「見るわけないじゃろ。というか、それを言うなら妾たちの方じゃないのか」

「……それはそう」

「ま、妾たちはいつでも歓迎なんじゃがな！　それじゃあ三人とも脱ごうな！」

そんな声が背後から聞こえてくる。

はぁ……なんでこうなったんだろ。

何がどうなって混浴することになるんだ。

温泉はテンション上がるけど、普通は男女分けるだろ。

ダメだろそれ。なんていうか倫理的にさ。

「わーい！　ボタンボタン！　よかったら脱がし合いっこしようよ！」

「おおよいぞ！　一緒に服を剥《は》がし合うのじゃ！」

……あいつら、何やってんだ。

「ははは！　くすぐったいよ！」

「ほれほれ！　どんどん露わになってきておるぞ！」

「ボタンもだよー！　よいしょ！」

「すぅぅぅぅ」

俺は木に体重を預け、深呼吸する。

ダメだ。何も考えるな。邪念を払え。彼女たちが一体どうなっているのかなんて想像するな。

想像したら負けだ。いや、男としては健全なのか？

いや、ダメだ。たとえ男として健全だったとしても俺が許せない。

「ははは。冷静になれ俺。深呼吸だ。腹式呼吸だ」

「ああ！　レイレイやイヴも早く脱ごうよ！　そうだっ！　私たちが脱がしてあげるね！」

「おう！　妾たちに任せておれ！」

「ちょ、ちょっと!?　自分で脱ぎますから！」

「ま、待って！　ダメだって!?」

レイレイとイヴの悲鳴が聞こえてくる。

「うわぁ！　イヴっておっぱい大きいんだね！」

「ほほう。これはあれじゃな。隠れ巨乳というやつじゃな」

「ま、待ってよ！　そんなジロジロ見られるのは恥ずかしいって！」

「レイレイも私より大っきい！　羨ましいなぁ！」

「あ、あまり見ないでください！」

ふぅぅぅぅぅぅぅぅぅ。

落ち着け。

冷静になれ俺。ダメだ。あれは見ちゃダメだ。

正直、見たい気持ちもある。自分に嘘を吐くことはできない。

でもダメだ。ダメなものはダメだ。

自分に言い聞かせろ。ダメだと。これ以上は踏み込んではならないと。

「スレイぃ！　妾たちは準備できたぞ！」

「お、おう！」

俺は腰にタオルを巻いて、木陰から飛び出す。

そして、目を瞑った。

「なあ……お前ら隠すようなタオルは？」

「ないぞ？　言ったじゃろ、お主だけにサービスでタオルをやると」

「……俺はどうすればいい」

「どうしようもないの！」

頭が痛い。というか、頭痛が痛い。

俺は額に手を当てながら、ちらりと温泉の方を見る。

どうやら湯の方は濁っているらしい。これはうまく使えそうだな。

「ええと。お前ら先に入っていいぞ」

「どうした？　先に入ってもよいのか？」

「ああ。俺は一番最後に入る」

「そうか。それならお主ら！　温泉に飛び込むぞ！」

「おおう！」

「わ、わぁ!?」

「ちょちょ!?」

ボタンに背中を押され、三人は温泉の中に飛び込む。

水しぶきが辺りに散らばり、もれなく俺も濡れる。

「はははは！　やはり温泉は気持ちいいの！」

「気持ちいい！　最高！」

「び、びっくりしました」

「押さないでよ……」

よ、よし。

予想通りだ。お湯が濁っているおかげで、彼女たちの見えてはいけない部分が見えなくなった。これでひとまずは安心して温泉に入ることができる。

「んじゃ俺もっと」

そう言いながら、足の指先をお湯に触れさせる。

おお……温けえ。これは最高なやつだ。

ゆっくりと温泉の中に、体を入れていく。

「気持ちいい……！」

あまりの気持ちよさに、俺は空に向かってそんなことを言った。

やっぱり温泉は最高だ。期待していた以上である。

「ふははは！　やはり温泉は最高じゃろ！」

「ああ！　最高だ！」

ボタンにグッドサインを送り、岩に背中を預ける。

疲れが吹き飛んでいくのが分かる。

最近、本当にバタバタしていたからな。色々大変なことばかりで、やらなきゃいけないことはたくさんあって。

「いえーいボタン！　お湯バシャン！」

「うわっ！　やりおったなお主！　それじゃあ妾はレイレイに！」

「ちょ、ちょっと！　もう！　戦いですね……！」

三人はお互いお湯を掛け合いながら、わいわい騒いでいる。

せっかくの温泉なんだから、ゆっくりすればいいのにな。

「あれ。イヴはいいのか？」

ふと横を見てみると、イヴがこちらに来ていた。

「ええ。あたしはゆっくり温泉に入りたいって思ったから逃げてきた」

「そうか。まあ俺も温泉はのんびり入りたい派だから、気持ちは分かるよ」

イヴは言いながら、俺の隣に座る。

なんていうか……緊張するな。

俺は半ばドキドキしながら、視線を上にやった。

「ねえ」

「ん？　どうした？」

「あのさ、第三村に行く途中に声かけたの覚えてる？」

「ああ。それがどうしたんだ」

そういえばイヴが、何か言いたげな様子で俺に話しかけてきていたのを思い出す。なんでもないとは言っていたが、やはり用があったらしい。

背中を岩に預けながら、上の方を眺める。

そろそろ日も暮れてきているようで、うっすらと月が見えていた。

「あたしさ、ほかのみんなと比べて、あまりスレイと話してないなって思ってね」

「そうか？　普通に話してると思うけど」

「いや、違うの。ええと」

イヴの声音からは少し迷いのようなものを感じられた。

「ほかのみんなはスレイに自分の過去を話してる。でも、あたしは話してないなって」

「……知ってたのか」

「知ってる。ミーアやレイレイがたまに話してたの聞いてたの。スレイはどんな過去も受け入れてくれるって」

「受け入れるというか、俺はダメ人間だから聞いてあげることしかできてないよ」

「奴隷だった子の話に耳を傾けてくれる人間なんてスレイくらいよ。本当に物好きだと思うわ」

「まあ俺は物好きかもな。自分でも自覚あるし」

「自分で自分のことを物好きって言うのは違うと思うけど」

「……やめてくれ。恥ずかしくなってくるだろ」

俺は少し照れくさくなって、自分の目を手で覆う。

「いいけど。それにさ、ボタンが言ってたじゃん。過去のことをスレイに話せって」

「ああ。確か言ってたな。今回、イヴに客人が来てるって」

「そう。多分、客人ってのはあたしの両親だと思うの」

「両親……？　どうしてそんなことが分かるんだ？」

「なんていうか、あたしの両親は過保護だったの。それが嫌であたしは家から逃げ出した。一応、あたしは貴族の生まれだったから、必死で使用人たちがあたしのことを探してたのを覚えてる。多分、色々と最近は派手なことをしてたからバレたんじゃないかな」

「確か……純血だっけか。俺はよく分からないけど、貴族って言われて納得した。お前ってそんな家の生まれだったんだな」

「うん。あまりいいものじゃないけどね」

貴族かぁ。想像できないな。

一体どんな生活をしているのだろうか。お嬢様だから……色々と社交辞令とか学ばされていたのかな。

「あれ。でもさ、人間が住んでいる領地と魔族が住んでいる領地って離れてるよな。どうしてイヴはあの時、あの場所にいたんだ？」

俺がイヴを引き取った場所。それは奴隷を奴隷商に売る市場だった。彼女は反抗的な性格をしているということで、市場のオーナーにも奴隷商にも嫌われていた。そのため、全く買い手が付かずに、危うく殺処分されそうになっていたのだ。

「……あの時はありがとう。スレイがあたしを買ってくれなかったら、死んでた」

「いいんだよ。言っただろ、俺は物好きだって」

「ええ。本当に物好きね。まあ、あれよね。どうしてあたしが、そんな場所にいたかって話よね」

言いながら、イヴは少し俯く。

「捕まっちゃったの。人間たちに」

「確かにあそこにいたってことはそうだろうけど、イヴのような子が捕まるなんて想像できないな」

「あたしでも思う。人間に捕まるようなミスは普通ならしなかった」

「でも、そんなミスをしてしまうような出来事があったのか？」

「うん。あたしたちが住んでいる領地にね、ハンターが現れたの」

「……ハンターか」

レイレイと同じだ。彼女と同じで、魔族を狙ったハンター関連らしい。

その、ハンターという言葉を聞くたびに、俺は胸が苦しくなる。

人間のせいで、彼女たちは苦しめられ、今に至るのだから。

俺はあくまで彼女たちの味方という立場ではあるが、彼女たちにとって同じ人間ということには変わりない。

「実はね、使用人たちから隠れるために領地の辺境に逃げてたの。そこで、たまたま出会った少女がいたのよ」

イヴは月を見上げながら、どこか懐かしむように語る。

「少女は辺境で一人、小さな家で生活してた。そんな彼女は、どうにか中心都市から逃げてきたあたしを何の疑いもなく受け入れてくれたの」

「つまり、その少女と一緒にしばらく生活していたのか」

「そう。彼女との生活は本当に自由だった。自由に遊んで、自由に狩りをして。野原を駆け回って川で泳いで。あたしの理想郷はここにあったんだって思ったわ」

自由。彼女はその言葉に力を込めて発する。

それほどイヴにとって、自由というものは逃げ出してでも欲しかったものだったのだろう。

「……でもね、さっきも言った通りハンターが現れた。どうやら前々から、都市から離れて一人で生活していた彼女を狙っていたらしいの」

ハンターというものはずる賢い。あいつらは人間。無駄に知性があるから、どんな手を使ってでも目的を達成しようとする。

「ハンターが彼女を捕まえようとしたの。彼女には逃げてって言われたけど、あたしにはそんなことできなかった」

イヴは少し悲しそうな形相を浮かべて、肩をすくめる。

「イヴが守ってやったのか？」

「彼女の自由を守るために。一時的にでもあたしに自由をくれた彼女の未来を守りたくて、あたしは命がけで戦ったわ」

「……言い方は悪いけどさ、お前ならハンターくらい殺せただろ」

あまり殺すだなんて言葉は使いたくない。けれど、彼女にとってその瞬間は少なくとも命と命をやりとりした瞬間でもある。

俺はこれに関して言えば、殺しというものを肯定すると思う。

少なくともハンターは殺されても文句は言えない立場だし、彼らも死ぬ覚悟でハンターをしているはずだ。

「彼女を人質にされたの。そして、『こいつを俺たちが連れていくか、お前が付いてくるか』どちらかを選べって迫られた」

「イヴは自分の犠牲を選んだのか」

「犠牲……ね。うん、犠牲かも。でもね、あたしは自分の人生を棒に振ってでも彼女の自由を守りたかった。彼女が、あたしに自由を与えてくれたように」

「なんつうかさ、お前はいい子だよ。俺にはもったいないくらいに、いい子だ」

「いい子じゃないわ。知ってるでしょ？　あたしが奴隷商たちの間で売れなかった理由」

「反抗的だからだろ？　ま、反抗的かもな」

「自分から言ったけど、やっぱりスレイに言われるとムカつく」

「確かに反抗的だ」

「……かもね」

俺はそんなことを言いながら、レイレイの頭に手を置く。

「でもさ、お前は英雄だよ。お前は大切な人の自由を守ってやったんだ。確かに反抗的な性格かもしれないけど、それもお前の魅力だ」

「全く、惚《ほ》れちゃうじゃない」

「俺はやめとけ。俺みたいな男は地雷って言うんだぜ」

「地雷男に引っかかるダメ女でもいいじゃない。だって、あたしは世間的に言えば反抗的な女の子なんだから」

「かもな」

俺たちは笑いながら、ボタンたちが遊んでいる光景を眺める。

一呼吸置いた後、ちらりとイヴを見る。

「それで、両親とは会うのか？　ボタンはああ言っているが、俺がどうにかしてやってもいいんだぞ？」

「大丈夫。あたしは両親と向き合う必要があると思うし、決着はどこかでつけなくちゃならなかったと思うから。心配しなくても、あたしはスレイのところに残るわよ」

「俺のところに残ったとしても、自由なんて保証できねえぜ」

若干の冗談を言ってみると、イヴはくすりと笑う。

「責任取ってもらうって約束したからね。スレイにはしっかりと守ってもらうわ」

「期待に応えられるよう頑張る。まあ、覚悟ができているようで何よりだよ」

そう言いながら、俺は体から力を抜く。

濁った水面を一瞥して、深呼吸した。

「両親と相対するまでは、このお泊まり会を楽しみましょ。ともあれ、両親と会った際にはスレイのこと、紹介できればいいいな」

「え？　俺も紹介するの？　ああ、でも必要か。今は俺が保護者だしな」

「そういう意味で言ったわけじゃないんだけどね」

「ほかに意図があるのか？」

「鈍感男は嫌われるわよ」

「なんだよ。はっきりしろよ」

「言わなーい」

イヴは水面に顔を半分沈めて、俺のことをジト目で見てくる。

……可愛い。

とはいえ、彼女が幸せな方向に進むのならば俺は何でもいいや。俺の役目は彼女たちを幸せにすること。役目を果たせるならば、それで満足である。

「にしても、みんな楽しそうね」

「そうだな。年相応というか、なんだか安心する……よ」

俺は一瞬、言葉を止めてしまう。

気がついてしまった。いや、気がつかないわけがないのだが、イヴと話していたから全く気にしていなかった。

あいつらは今、真っ裸である。そしてあんなにも大はしゃぎで温泉で遊んでいたら見えないわけがない。見えてはいけないものが見えないわけがないのだ。

「見えてはいけないところが大変なことになっている」

「言い方。別にあたしたちにとっては今更だけど、やっぱりスレイは気になる？」

「気になるだろ。だってみんなはもう十分女の子な年齢だし……いや、保護者としてだな。心配というか」

「困ったら保護者って言い方するわよね」

イヴにジーと見られて、俺は慌てて視線を逸らす。

別に言い訳をしているわけではない。実際俺は彼女たちの保護者で、彼女たちに何かあったら責任を取るのは俺だ。

あんな無自覚なのは女の子としてダメだ。

「ねえ。あたしたちってそんなにスレイには魅力的に見えない？」

「え？　いや、そりゃ俺はみんなのことは魅力的だと思っているよ」

「そういう意味じゃなくてさ、一人の異性として」

「い、いや。俺は違うだろ。なんか違うだろ」

「あたしとかさ、結構アピールしてきたと思うんだけど」

「……イヴ。どうして立ち上がろうとしているんだ」

俺は視線を逸らして、イヴに言う。

しかし、彼女はくすりと笑いながら湯から腰を上げる。

「おっぱい揉んどく？」

「……やめとく」

「そんなにあたし、魅力的じゃない？」

「……いや、それは」

「どう？」

「……ええと。ああ」

その言い方、逆に俺がイヴの胸を揉まないと失礼な空気なんじゃないのか？

いや、でもそれはダメだ。絶対にダメだ。

でも……彼女たちは魅力的だと思う。確かに彼女たちは可愛くて、異性としても素敵で。

ああもう。どうにでもなれ……！

「だーめ。冗談よ。あんたに揉ませるわけないじゃない」

俺が勇気を振り絞って手を伸ばすと、イヴがひょいと距離を取る。

そして湯に浸かって、にやりと笑う。

「お、お前！　男をからかったな！」

「スレイって可愛いところあるのね。楽しかったわよ」

「て、てめえ……」

恥ずかしくなって、俺は湯船の中に顔を埋める。もう恥ずかしくてイヴの顔なんて見れない。

というか、何を本気にしてんだよ俺。何がおっぱいだ。別におっぱいなんて興味ないし。俺は間に合ってるし。

その気になれば、女の子のおっぱいなんていつでも揉めるし。

別に悔しくも恥ずかしくもないし。

「スレイー！　イヴー！　こっちにおいでよー！」

そんなことを考えていると、ミーアたちがこちらに向かって手を振ってくる。

俺は苦笑しながら手を振り返し、イヴの方を見る。

「それじゃあ俺らも混ざりに行くか」

「そうね。せっかくだし、ね」

言いながら、俺たちはミーアたちのもとへと歩いていった。

◆

「ボタン。なんか俺のパジャマ男臭いんだけど」

温泉から上がった俺たちはボタン邸に戻り、寝室にてパジャマを借りようとしていた。

そりゃパジャマパーティーをするのだから、パジャマは必須だ。

ベッドが横に五台並べられていて、その数以上に枕が散らばっている。そのベッドの上に置かれていたパジャマに腕を通したわけなのだが。

けれど、俺に渡されたパジャマはなんか男臭い。

「あ、それは妾の部下が着てたのをパクってきた。女性陣には妾が用意したが、スレイは別にいいかと思っての」

「おい待て。俺の扱い酷くないか。俺、もう少しマシな扱いしてくれてもいいと思うんだけど」

「わがままじゃの」

「……まあ、それもそうかな」

「全く。それじゃあ洗濯してあるパジャマを貸してやるからそれで満足してくれ」

「それは待て。お前、俺に洗濯してないパジャマを渡したのか？」

「ちょっとしたお遊びじゃ」

ボタンはウィンクを俺に送ってくる。

ぶん殴りたい。

俺は嘆息しながらも、洗濯済みのパジャマを受け取って着替えてみた。これは別に男臭くない。というか最悪だな。洗濯してないパジャマを渡してくるとか、ライン越えてるよね。

服を着替えた俺はちらりとミーアたちの方を見る。

「このパジャマ可愛い！」

「ハートマークがいい味出してますよね！」

「あたしにはちょっと……可愛すぎるかしら」

「イヴも似合ってるよ！　ハートマーク！」

「ですです！　可愛いですよ！」

「そ、そうかな。そう……なんだ」

イヴが顔を赤くして、可愛らしく俯いてみせる。

「お主の子ら、可愛いの」

「可愛いだろ。自慢の娘たちだ」

「親馬鹿じゃの」

「親馬鹿くらいでいいんだよ。というか、この子たちを見て親馬鹿にならねえやつなんていないっつうの」

そう言いながら、俺はミーアたちの中へと入っていく。

俺のことに気がついて、三人は微笑を浮かべながら手を振ってきた。

「よっ！」

「よ」

ミーアがハイタッチを要求してきたので、軽く手を当てる。

「温泉では激しかったね！」

「ああ。あんなにテンションが上がっているのは久々に見たよ」

「違うよ！　スレイは温泉では激しいんだね！」

「なんだその言い方は。俺がまるで温泉でミーアにいかがわしいことをしたかのように言うなよ」

「私は純粋な気持ちで言いました」

「少なくともそんなことを言うお前は純情じゃないと思う」

「ってボタンがスレイに言ってみたら面白いよって言ってた！」

「やっぱりお前か。俺の愛娘に何を教えてんだ」

近場にいたボタンの首に腕を回して、ぎゅっと絞める。

「うごご……ギブ……ギブ……」

「断罪だ。純粋なミーアをこれ以上汚すな」

必死で俺の腕を叩いてくるボタンに伝えると、彼女はそれでもニヤニヤしながらこちらを見てくる。

「純粋な女の子を汚すのが面白いのじゃろ……うぎっ！　これ以上絞めないで人殺しぃ！」

全く。こいつは俺を困らせる達人か何かなのだろうか。そんな専門的な分野に特化したところで、得することなんて皆無に等しいというのに。

いや、そんな専門的な分野を極めることができているからこそ、今の彼女がいるともいえる。そう考えてみると、彼女の度量は計り知れない。とはいえ、ボタンのことをお世話になっているから必死で上げようと心の中で努力してみたが、結局傍迷惑な隣人という枠から脱することはない。

とりあえず、ボタンの拘束を解放する。

「やっと離してくれたの……。女の子の首を絞めるだなんて、お主の性癖バグってるの」

「勝手に俺の性癖を女の子の首絞めとかいう危険なものにしないでくれるか」

「そういう趣味はないのか？」

「ない」

「ないのか……」

「落ち込むなよ……」

肩を落として、はぁと息を吐くボタン。俺は困りながら彼女の肩を叩き、どうにか顔を上げてもらおうと促す。

「首絞め……」

「……どういう状況だよ」

人の性癖が首絞めじゃないことに落ち込む少女を励ます一般男性なんて光景、最悪以外の言葉が見当たらない。というか、こんな状況下に陥っている男性を一般的と言えるのだろうか。自分はあくまで一般男性を貫くが、少なくともこの状況じゃ俺もボタンと同じで異質な分類になってしまうだろう。

「楽しそうだね！」

「あれを楽しそうって言えるんですね……」

「どちらかというと、頭のおかしな性癖を持った者同士が落ち込んでいる奇妙な光景だと思うんだけど……」

「ボタン……顔上げてくれ。このままだと俺はお前と同類になっちまう」

「妾と同類は嫌か？」

「嫌だ」

「そんなに嫌か？」

「首絞め性癖を持つお前と同類になるのは死んでも嫌だ」

「となると、妾とお主は敵同士ってことになるの」

「これに関して言えば敵同士だな」

「敵同士の人間がお互い向かい合っているともなれば、ただじゃすまないの」

「ええと。何を言っているんだ？」

反応に困っていると、ボタンがすっと顔を上げる。

満面の笑みだった。

俺は安堵したと同時に、自分の油断を後悔する。

彼女は裸足。靴下とかスリッパを履いていると、普通ならあまり自由が利かない。けれど素足ならば、ある程度自由が利く。それこそ、第二の手になり得る。

「ならば戦争じゃな！」

彼女は軽やかなステップを踏んで、さながらダンスを踊っているかのように足をぐっと上げる。足の指で枕を掴み、ふわりと空中に浮かす。

「はっ⁉」

「そいやっ！」

空中に浮かんだ枕を掴んでみせて、思い切り俺の顔面に向けて投げてくる。もちろん俺は一般男性だから、そんな奇襲に対応できるわけがない。

俺は避《よ》けることもできずに、顔面に枕が直撃する。

しかも、これが遠慮のない一撃だった。

固めの枕が鼻先に思い切り当たり、息が詰まる。

じわりと痛みが走り、俺はよろめく。

「お前……やりやがったな！」

「油断したお前の負けじゃ！　がはは！　無様じゃの！」

ボタンは腕を組んで、ケラケラと笑っている。明らかに勝ち誇った様子である。

「ならこっちにも考えがあるぜ。さて、首絞めが一般性癖だと思うやつは手を挙げてくれ」

そう言うと、ボタンだけが手を挙げる。

「四対一。どうやらお前に味方はいないらしい」

「ちなみに妾は決して首絞めが性癖ではないのだが……面白いのじゃ！　お主ら、全員まとめてかかってこい！」

俺は足元に転がっている枕を、ミーアたちに投げる。

「三人とも。全力でボタンに枕を投げろ。遠慮はいらない。潰《つぶ》してくれていい」

「なんだか面白そうだね！　楽しいことなら全力で乗るよ！」

「まあ、ボタンさんは銃撃戦で一人勝ちしてましたしね」

「ちょうどいいわ。あの時の恨み、ここで晴らさせてもらおうかしら」

「お主ら、ちなみに四対一でボコボコにするのって卑怯だと思うのじゃが、そこら辺は気にしないのか？」

ボタンは微笑を浮かべながら、こちらを睨めつけてくる。

俺はちらりと三人を一瞥し、満面の笑みを浮かべながら答えた。

「何度でも言うさ！　俺は生憎と物語に出てくるようなヒーローじゃあない。時には卑怯な真似《まね》をしてでも勝利をもぎ取る！」

「スレイがそう言うなら、私も賛成！」

「わたしはあれですが……今回はスレイの味方です」

「たまには悪役側に回るのも悪くないしね」

「だそうだ。残念だな、ボタンさんよ」

そう言うと、ボタンは楽しげに肩を揺らす。

満足そうな表情を向けてきた。

「それでこそじゃ！　やっぱり妾はお主のことが好きじゃの！」

ボタンは両手に枕を持ち、ぐっと構える。

「じゃが……四人がかりなら、妾に勝てると思っておるのか？」

「やってやろうじゃねえか。んじゃあルールはこうしようぜ。顔面に思い切り枕を当てたらそいつは離脱っつうことで」

「お主らは実質四つの命があるのに、妾は一つか。卑怯じゃな」

「でも、そっちの方がお前は燃えるだろ?」

「当たり前じゃ。分かっておるの」

俺も枕を拾い、ボタンに突きつける。

「んじゃ、スタートってことで――」

言った刹那、俺の隣から悲鳴が聞こえてくる。

「んぎゅ!」

「ううっ!」

「なっ⁉　ミーア、レイレイ⁉」

見てみると、二人は顔面に枕を乗せたまま倒れていた。

嘘だろ……あの一瞬で二人に枕をぶつけたのか⁉

恐る恐るボタンの方を見ると、彼女は枕を肩に当てながらケラケラと笑っていた。

「あまり妾を舐めるなよ?　こう見えて妾は夜の女王と呼ばれておるからの」

「……だってよイヴ」

「……だってよって、振らないでよ」

困りながら、お互い視線を送り合う。

「妾、テクニシャンじゃからのぉ！」

「なあイヴ。あいつはただの馬鹿だと思う？　それとも冗談で言ってると思う？」

「ただの馬鹿に一票」

「いや、俺は違う。あいつのことだ。多分深ーい意味が込められているはずだぞ」

「ガハハ！　怖じ気づいたか小童ども！　妾の夜の女王という称号に震えたか！　それほどまでにテクニシャンが怖いか！　ほれほれほれほれ！」

なんかボタンが指をくねくねと動かしている。

何あれ普通に気持ち悪い。

「あれはただの馬鹿だ。ごめん、絶対深い意味なんてないわ」

「でしょ？　絶対馬鹿なだけだって」

「なんじゃいちいち馬鹿馬鹿と！　死ねい！」

「って危な！」

俺はとっさに飛んできた枕をガードする。たまたま腕を上げていたから防ぐことができたが、普通の状態だったら間違いなくやられていた。

「危ねえな……イヴ、大丈夫か――」

冷や汗をかきながら、イヴに声をかける。

「ス、スレイ……」

「イヴ!?」

隣を見ると、イヴが顔面に枕を乗せて倒れていた。ちらりと見える瞳は震えていて、俺にゆっくりと手を伸ばしてくる。

慌てながらイヴの手を握り、肩を揺さぶった。

「おい！　大丈夫か！」

「ごめん……あたし、死んじゃうらしいわ」

悲しげな表情を浮かべて、イヴはゆっくりと自分の頬に触れる。

「こんな傷、もうどうしようもない。致命傷だわ」

「そ、そんなこと言うなって！　そんなこと……言わないでくれよ！」

俺は必死になって、彼女の肩を揺らす。

が、次第に反応が薄くなってくる。

「あたし、あんな夜の女王……ぷぷ。よ、夜の女王……くす。夜の女王に負けちゃった」

「無理するな……！　笑い、漏れてるぞ……！」

「ごめん……死期を間近にしたら笑えちゃって」

「クソ……イヴが夜の女王（笑）に負けるなんて……！」

「なんじゃお主ら、いちいち笑いおって。何か言いたいことでもあるのか？」

「なんでもねぇ……よ、夜の女王さんよぉ。さすがだぜ。やっぱり夜の女王って称号は伊達《だて》じゃないんだな」

「そりゃそうじゃ！　世界の人間たちを妾のテクニックでおとしてきたからの！」

「世界の男たちはさぞかし悶絶《もんぜつ》したんだろうな」

「男たち……？　妾は男だけじゃなく女もいけるぞ！」

「……こんなやつに俺たちが敗北寸前になってるって考えると怒りで震えが止まらない」

「ふははは！　恐怖するがいい！　ひれ伏すがいい！」

俺はゆっくりと立ち上がり、枕を握る。

ここは俺が戦わなくちゃならない。仲間たちが夜の女王にやられたんだ。すごいテクニックで全員もれなく逝かされたんだ。黙っていられるわけがないだろう。

「来いよ夜の女王！　俺を逝かせてみろ！」

「いい覚悟じゃ！　妾の激やばテクニックの前にひれ伏すがいい！」

床を蹴り飛ばし、一気にボタンの方へ距離を詰める。

これで一気に決める。

一発で、こいつをやる。

「喰らえ！　俺の全力ッッッ！」

枕をぐっと引き、そして放つ。

彼女の脳天めがけ、思い切り投げる。

ゼロ距離からの攻撃。絶対避けられるわけがない。

「無駄じゃ」

「はっ!?」

しかし、枕はボタンに当たることはなかった。ただ、まっすぐ飛んでいって、壁に当たった。

ポスンと音を立てて、床に落下する。

嘘だろ。ゼロ距離からの攻撃を避けたっていうのか？

俺は慌てて床に転がる枕を手に取ろうとする。が、圧倒的に時間が足りない。もしも一秒という時間の中、俺が光の速さで動けていたら別だっただろう。

しかし俺は人間。そんな人外じみた真似はできない。

「ジ・エンド。じゃな」

鼻先に鈍い痛みが走る。

すぐに、自分が彼女の激やばテクニックによってやられたのだと理解した。

「俺、負けたのか。夜の女王に、負けたのか」

バタンと床に倒れると、ミーアとレイレイ、イヴと目が合った。

お互い『夜の女王（笑）に負けちゃったね』と視線で会話を交わし、ゆっくりと瞳をつぶる。

多分ミーアは理解していないと思う。きっと、夜の女王＝なんかすごい称号だなんて考えていることだろう。彼女はもうそれでいい。彼女らしくて俺はいいと思う。

「また妾が勝ってしまったのぉ！」

悔しい。

けどまあ『夜の女王（笑）』に負けるくらい、別にいいか。

だって、『夜の女王（笑）』だもんな。

そんなことを考えながら、俺は息を吐いた。

◆

「菓子を食え菓子を！　遠慮はいらないぞ！　パクパクしてしまえ！」

枕投げを終えた俺たちは、ベッドの上でごろごろ寝転がりながらお皿の上に盛り付けられたお菓子を眺めていた。ミーアたちの目はキラキラと輝いていて、ちらちらとボタンのことを見ている。

「これ、本当に食べていいの!?」

「クッキーに……なんでしょうかこれ……！」

「エクレアにバームクーヘン。マカロンとタルト。あとドーナツね。それにしても、なかなか豪華……」

「そう、それです！」

詰まっていたレイレイと違って、すらりとイヴがお菓子の名前を言うあたり、さすがは貴族である。

やっぱり知識量が違うんだなぁ。

ちなみに一般庶民である俺はクッキー以外名前しか聞いたことないぜ！　エクレアとかバームクーヘンなんて見たことないよ。架空の食べ物だと思っていたのだが、本当に存在していただなんてな。

にしても、本当に美味しそうだ。

「すげえなボタン。さすがは夜の女王だ」

「じゃろじゃろ！　遠慮せず食えよ！」

こんなお菓子を恵んでくれるなら、夜の女王も最高だな。

「食べるね！　食べちゃうね！」

「よいよい！　食ってよいぞ！」

「わーい！」

嬉々としながら、ミーアはお菓子に手を伸ばす。

そして口の中に含むと、耳がピコピコ動き出した。

「何これめっちゃ美味しい！　甘くて幸せ！」

「わ、わたしも！　……んん！　美味しいです！」

「慌てなくてもお菓子は消えないわよ……はむ。美味しい……」

イヴの目が赤く光る。冷静なふりをしているが、お菓子へと伸びる手が止められないといった様子だ。

全く、もう少し素直になればいいのにな。

まあ俺は大人だから？　こんな状況下でも美しく冷静にお菓子を食べるんだけどね？

なんて考えながら、エクレアを口に放り込む。

「あ、ああ……」

ダメだこれ。あまりにも美味しすぎて語彙《ごい》が消失した。

こんなにも美味しいお菓子を食べたのは初めてだ。あまりの美味しさに脳汁が止まらない。ドバドバである。

「ボタン……ありがとう！」

「いいのじゃ！　お主たちは妾に面白いことを提供してくれる友達じゃからの！　気にするな！」

この面白いやつっていうのは俺たちにとっては悪い意味だろうけど、別にそんなことは構わない。少なくとも今この瞬間、彼女は俺たちにとっての夜の女王なのだから。

「それよりも、じゃ！」

言いながら、ボタンはベッドの上に腰を下ろす。

口角を上げて、指をゆらゆらと揺らしてみせる。

「パジャマパーティー……四人の乙女……本番はこれからじゃ」

「もしかして⁉」

ミーアが手を叩いて、キラキラとした視線をボタンに送る。

「そう！　恋バナじゃ！」

「待ってましたぁ！」

ボタンが声を上げた途端に、ミーア以外の二人に緊張感が走ったのが分かった。固唾《かたず》を飲み込み、俺のことをちらって見てきた。

あれ、やっぱり俺邪魔だよな。

「あー……ボタン。んじゃ俺はやっぱり外でぶらぶらしてる……」

「大丈夫ですよ」

「別に居てもいいのよ」

「いや、でもやっぱり恋バナに男は邪魔だろ？　お前らの好きな人が気にならないわけじゃ絶対ないんだけど、別に一人で温泉とかで時間潰してくるから――」

「ダメです」

「いなさい」

「お、おう」

なんだかものすごい圧を感じた。

ここにいないと命でも刈り取られるんじゃないかと思うくらいの圧だった。急に怖すぎるだろ。

俺はおとなしくベッドの上に座り、彼女たちが会話を始めるのを待つ。

「それじゃ妾から言うぞ！」

「パチパチパチパチ！」

妙にテンションが高いボタンとミーア。そして、どこか真剣なイヴとレイレイに挟まれながら、俺は恋バナを聞くことにした。

しかしボタンの恋バナか。

あまり想像できないな。

まあ彼女も一応は女の子。年齢的に言えば俺よりも年下だが、やっぱり甘い恋だとかをしていたりするのだろうか。

こう……村のボスだから表には出せないけど、秘めたる思いなんてものがあったりするのではないだろうか。

そう考えてみると、気になる。

彼女は一体どんな恋をしているのだろうか。

どんな人に恋い焦がれているのだろうか。

半ば緊張しながら、彼女の次の言葉を待つ。

「妾はな！　自分に恋をしておる！」

……なんか逆に安心したわ。

確かにボタンが誰かのことを好きだと言ったら興味はあるが、俺の中でのボタンのイメージは壊れてしまうだろう。

これでこそボタンである。

さすがはボタンである。

「ボタンらしいわね」

「ですねぇ」

「だなぁ」

俺たち三人はこくこくと頷きながら、お菓子を食べる。

「自分のことが好きなんだぁ！　へぇ！」

ただ一人、ミーアはテンションが上がっている様子である。彼女は純粋だ。俺たちとは違う汚れなき者だ。大切にしなければならない。

肩を揺らしながら、ボタンの紡ぐ言葉を持っている。

そんな彼女を見ながら、俺は微笑《ほほえ》ましい気持ちになっていた。

「ふふふ！　やはり妾は可愛くて、強くて！　考え方が鋭くて、超可愛い！」

可愛いを二回も言った。

それだけ自分に自信があるということだろう。

いいことだ。うん。

お菓子を食べる手が進む。

「うんうん！　すっごいね！」

「じゃろう!?　やっぱりミーアとは気が合うの！」

幸せそうだなぁ、二人とも。

あまりにも純粋なミーアと馬鹿なボタンが微笑ましいよ。俺、眩《まぶ》しくて彼女たちのことが見えない。

あ、でも片方夜の女王（笑）なんだった。

前言撤回。

ミーアが眩しくて見えないよ。ボタンに関しては見えないというか認識できないよ。

「盛り上がってきたな！　それじゃあ、この調子でミーアも語れい！」

「はいはーい！　私言うね！」

ミーアが可愛らしく挙手をしているのを見て、俺は思わず笑みがこぼれてしまう。

うーん、癒やし枠。永遠にミーアのことを見ていたい。

とはいえだ。

ボタンはどうでもいいが、三人の好きな人は正直気になる。

一体誰なんだ。俺に話してみなさい。

「私はねー。スレイが大好きなんだぁ！」

ああ……消滅しそう。

多分、俺のことを好きって言っているのは、保護者としての好きなのだろう。

それでも俺の名前を挙げてくれたの、めっちゃ嬉しい。

一生この言葉を忘れない。もう胸の中にしまった。多分、何があっても忘れないだろう。

隙あらば胸の中から蘇《よみがえ》ってきて、俺の鼓膜を彼女の声音が揺らすだろう。

ああ天使。素晴らしい。

「どんなところが好きかって言うとねー！　全部！」

うーん天使から女神に昇格。俺もミーアの全部が大好きだよぉ。

まあ俺の場合、ミーアのどこが好きかって聞かれたら細かく言えるけどね。

もう隅から隅まで語っちゃうからねマジで。

「もっと生々しく言ってもよいのじゃぞ？」

「な、生々しく？」

おいてめえぶっ殺すぞ。

俺のミーアになんてこと言っているんだ。純粋で儚《はかな》いミーアに吐いていい言葉じゃねえぞ。

ギルティ。速攻極刑。女神様にそんなこと言っていいわけがない。

「……なんじゃじっと見てきて。もしかして妾に恋をしておるのか？」

「……」

「左手で中指を立てている……？　やはり妾に恋をしておるのか！」

「たまにあるローカルルールやめろよ。これは普通にそのままの意味だよ」

「この場は妾の法が適用されるのじゃ。つまりその中指は妾に恋をしている証拠になる」

「なら右手でやる」

「ちなみに右手の場合は『愛してる』という意味じゃ」

「お前にとってめちゃくちゃ都合のいいルール適用するのやめろよ」

「残念じゃな。お主は妾に勝てない」

「……ミーアを汚そうとしたことは忘れないからな」

「えっと……生々しくってどういう意味？」

「ミーア。気にすんな、ボタンは少し頭のネジが外れているんだ。気にしたら負けだよ」

「そ、そうなの？」

「そう。そうなの」

ミーアの肩をポンポンと叩きながら、話を逸らす。ミーアはこのままでいい。このままでいてくれ。

純粋なミーアのままでいてくれ。

「んじゃ、次はレイレイじゃな！　お主は誰が好きなのじゃ？　まあ、大抵分かりきっておるが」

「なんだよお前。俺より三人のことを分かってるような口ぶりしやがって」

「女の子同士じゃからな！　お主には分からぬことよ」

「そうかいそうかい」

なんてことを言いながらも、俺はレイレイの言葉を待つ。

それはそれとして、レイレイもイヴも誰が好きなのかは気になる。

ミーアみたいに正直には言わないだろうが、これは想像するのが楽しかったりするんだよな。だから俺は想像しようと思う。一体、彼女たちは誰が好きなのか。

ともあれ、今俺がやろうとしている行動が気持ち悪いことってのは自覚している。

でも気になるじゃん。だって、俺はこの子たちの保護者だぜ。変な男を好きとか言いやがったら止めなければならない。

ちゃんと理由があるから、神は許してくれるはずだ。

別に神なんて信じてないけど。

まああれだ。何か言い訳をしたい時には神のせいにすればいいのだ。だから俺はありがたく神を召喚する。神には悪いが、俺のご都合に付き合ってくれ。

「わたしは、名前は言えないんですけど……好きな人はいます」

ふむ。やはり女の子だな。

レイレイは自分の想いをなかなか言えない節があるから心配だったが、彼女にも好きな人がいるようで安心した。

さて、問題はそれがどんな人物かってことだ。

「どんな人かっていうと。こんなわたしにも優しくしてくれて、頼もしくて、話を聞いてくれる人です」

なんだ。めちゃくちゃ素敵な人じゃないか。

言っちゃ悪いが、レイレイは悪い男に引っかかりそうだったからな。

そんな人がこの村の中にいたなんてな。いや、村以外もありえるか。俺にも過去があるように、彼女たちにも過去がある。ともなれば、過去に出会った誰かという可能性もある。

話を聞いた感じ、わりと親しい感じだから、この村の人ってのはありえないかも。

なら、やっぱり過去出会ってきた人か。

素敵だなぁ。

俺も昔出会った人を好きになりたい気持ちもある。

たとえば、幼なじみとか。近所のお姉さんとか。

俺は、そんな環境なかったんだけど。悲しいな。

「ち・な・み・に。名前はなんていうのじゃ？」

ボタンが耳打ちすると、レイレイの顔が次第に赤くなっていく。

耳まで真っ赤である。

「あまりからかうなっての」

「別にいいじゃろ。恋バナとはそういうものじゃ」

やれやれといった様子で、ボタンは首を横に振る。

まあ……言われてみれば確かに。

そういうのも恋バナの醍醐味か。

「な、名前は言えませんが……頭文字だけなら……」

「言ってみるのじゃ。ささ、早く」

「ええと。頭文字は『S』です……」

「ほほう。珍しい頭文字じゃのぉ」

ボタンがニヤニヤと笑いながら、レイレイに近づく。

しかし、確かに珍しいと思う。

『S』が頭に来る名前なんて、あまり想像できない。いや、違う。

男性名の場合は想像できないが、女性名の場合は別だ。

サシャだったり、サラだったり。女性名なら色々と想像できる。

ということは、レイレイは女性が好きなのかな。

彼女の言っていることが間違っていないのなら、なんだかイケメンな雰囲気の女性なんだろう。イケメン……か。確かにレイレイというか、女の子にはウケそうだ。

「なんだよじっと見てきて」

ボタンが俺のことを見てくるものだから、気になって尋ねてしまう。しかし、俺の答えに彼女は大きく息を吐くだけだった。

「レイレイも大変じゃの」

「まあ……難しい恋ですね」

二人が同時にため息を吐く。それも俺のことを一瞥して。

ど、どうした。ボタンが俺に向かってため息を吐くのは別に構わないけど、レイレイがため息を吐くのは気になってしまう。

俺、もしかして何かしたか？

いやいや、俺は何もしていない。実際、俺はただ正座してお菓子を食べながら話を聞いているだけだし。あ、もしかしてお菓子食べてるのがダメだったのか？

ならやめよう。少し惜しいが、それくらい我慢できる。

「やれやれ。んじゃあ、次はイヴじゃ。なんだか聞いていて悲しくなってきたわ」

言いながら、ボタンはイヴを指さす。

「あたし……あたしは、そうね。ここは言う流れよね」

深呼吸をしてみせて、周囲を軽く見回す。

「ええと。あたしの好きな人は、鈍感で馬鹿。その上単純思考」

指を折りながら、一つ一つ特徴を挙げていく。

待て待て。聞いている限り、そいつってダメ男なんじゃないか？

鈍感までならいいが、馬鹿で単純思考なんだろ？

そんな男、俺は認めません。

でも……イヴが好きな人だからな。

認めたくはないが、彼女の好きは――彼女たちの好きは尊重するべきだ。

これじゃあまるで頑固親父《おやじ》だしな。俺は別に頑固な人間にはなりたくない。

「以上」

「え、他には？」

「……なんか文句あるの？」

「ごめん！　いや、なんでもない」

思わず、「他には？」と聞いてしまった。相手を認める認めない以前に、その男が誰なのか、詳細が気になっていたのだ。ただ、声に出してしまったのは反省しなければならない。

平謝りしていると、イヴは嘆息する。

「大変そうでしょ？　ボタン」

「うむ。大変そうじゃな。スレイ以外の全員に同情する」

「な、なんだよ……俺悪いことした？」

「悪いことは常にしておるぞ？」

「マジで？」

「マジじゃ」

「他のみんなもそう思ってる感じ？」

聞くと、全員がこくこくと頷く。

「……なんかごめん」

俺はよく分からないまま謝る。ともあれ、何か悪いことをしたならば反省しなければならない。そういう責任は絶対にある。

「なあ、よかったら俺がしちゃった悪いことを教えてくれないか？」

「「嫌」」

「残念じゃなぁ」

「そ、そんな……」

俺はこのまま、彼女たちの気持ちを分からないまま生きていくのか。この瞬間に、彼女たちには確かに嫌な思いをさせたが、その原因を俺自身は理解せぬまま。

しかし、彼女たちが言わないのにも理由があるはずだ。

言いたくないのなら、無理に聞くことはできない。

仕方がない。今回ばかりは諦めよう。

「さて、スレイが残念な気持ちになったところで妾たちは寝るとするか。賛成な人ー」

「「はーい」」

「……悲しい」

「スレイのメンタルがヘラる前にお主ら寝るぞー。はい、ろうそくの火消すのじゃーふうー」

「……ヘラってねえし。別にヘラらねえし」

「はい、おやすみなのじゃー」

「おやすみ！」

「おやすみなさい！」

「おやすみ」

「別にヘラらねえし。俺は平気だし」

暗い部屋。誰もがベッドに潜り込んだ中、俺はぼそぼそと呟き続けた。

◆

結局のところ、俺は全く眠ることができないでいた。別にメンタルがヘラったとかそんなことではない。ただ、イヴのことが心配だったのだ。

お泊まり会はもう終わりを迎えようとしている。ただのお泊まり会だったらそれでいいのだが、本題は違う。

イヴは両親と決着をつけないといけない。

彼女のことだ。きっと覚悟はできている。

それが彼女の強みである。

しかし、彼女の弱さも知っている。信用していないってわけじゃない。

ただ、どうしても弱さって部分はこういう場面で露見してしまう。

「……」

少しうとうとしてから窓の方を見てみると、まだ外は暗いようだった。

まだまだ朝までの道のりは長いらしい。

頑張って寝るか。

なんて考えながら、腕を額に乗せようとした瞬間のことだ。

「おはようなのじゃ」

「なんでお前が隣にいんだよ」

俺は壁際のベッドで寝転がっていた。そして、俺の隣はミーアが陣取っていたはずだ。

なのにどうして隣にボタンがいる。

「妾が特別に添い寝をしてやろうと思ってな」

「いいよそういうの。たっく、今何時だよ」

今は冬場。外は暗くても、意外と朝は近かったりする。

「深夜二時じゃ」

「ベッドから蹴り落とすぞ。深夜二時って全然おはようじゃねえじゃん」

これが朝の四時とかだったらギリギリ許せた。だが深夜二時はギルティである。

「イヴの見送りはしたくないのか」

「……どういうことだ？」

「なんじゃ。もしやイヴに甘えていたせいで、常識が抜け落ちておったのか？」

肩をすくめて尋ねてみると、ボタンは自信満々な様子で言う。

「吸血鬼は基本的に夜行性じゃ。イヴは人間に合わせておるが、イヴの両親は関係なかろうて」

「……ああ！　イヴは⁉」

俺は慌てて起き上がり、辺りをキョロキョロとする。しかし暗さに目が慣れていないのか、全く見えない。

「安心せい。妾の隣におる。そしてうるさい。まだ深夜じゃぞ」

「……そ、そうか。けどお前に『まだ深夜じゃぞ』とは言われたくねえよ」

「まあ、そんなのはどうでもよい。お泊まり会はそろそろ終わりじゃ」

言いながら、ボタンはのろりと腰を上げる。すると、ボタンで隠れていて見えなかったイヴと目が合った。

「……おはよう」

静かに、イヴは呟く。

目も暗闇に慣れているので、イヴの顔が薄ぼんやりと見えた。決して明るいとは言えない。下唇を噛みしめて、どこか暗い表情をしていた。

「終わりは良いものにしたいものじゃの」

「もう来てるのか。イヴの両親は」

「来ておる。というか、妾が必死で説得してこの時間まで待ってもらっておった」

ボタンはすやすやと寝息を立てているミーアたちを一瞥する。

「イヴとお主だけを呼び出すのは違和感もあるし、なにより危ないからの。しかしミーアたちを巻き込むのも違うと思ったから、このタイミングを狙っておった」

「ミーアとレイレイが寝静まるのを待っていたのか。そういう配慮もできたんだな、お前」

「当たり前じゃ。妾をなんだと思っておる」

「ヤバい人」

「ふふん。褒め言葉じゃな」

鼻を鳴らしながら、ボタンはベッドから飛び降りる。指をくるくる回しながらこちらに振り向き、最後にイヴを指さす。

「一応確認じゃが、スレイとは話はしたんじゃの?」

「うん。その件はありがとう」

「いいんじゃよ。妾、助言もできるタイプじゃからの」

満足そうに腕を組むボタン。彼女は彼女で、色々と考えてくれていたのだろう。本当にありがたい限りだ。

「で、もう待ってくれているんだろ。イヴの両親は」

俺は言いながら、イヴの方を見る。

「大丈夫そうか?」

「大丈夫。全然平気」

「本当か?」

俺はじっとイヴの瞳を覗き込む。

イヴは少し笑ってみせた後、こくりと頷いた。

「そんな心配しないでよ。大丈夫」

「そっか。分かった」

首肯して、ボタンの方を見る。

「俺は待ってるよ。保護者らしく、俺はイヴを信じてここで待ってる」

これはイヴが決断するべきことだ。俺が間に入ることじゃないだろう。

「うん。ありがとう」

そう言いながら、イヴはベッドから飛び降りる。今の今まで気がつかなかったが、服がパジャマからいつもの服に戻っていた。まあ、さすがにパジャマ姿で会うのはまずいと判断したのだろう。

「んじゃ妾は部屋まで案内するかの」

ボタンは眠たそうに背伸びをして、イヴの方を見る。

「それも大丈夫。両親の気配だけで、部屋も分かるから」

「ほほう。魔族はそういうこともできるのじゃの。面白い能力を持っておるものじゃ」

半ば感心したような様子で、ふむふむと頷く。

ボタンは手を腰に当てて、扉の方を一瞥した。

「ならば行ってこい。妾たちはお主を信じて送り出すだけじゃ」

「ああ。不安かもしれないけど、安心しろ。俺はいつでもお前の味方だ」

「それじゃあ行ってくる」

「いってらなのじゃ〜」

「いってら」

寝室の扉を開けて、廊下へと歩いていくイヴを見送る。

パタンと閉じられた扉を見据えて、俺は大きく息を吐いた。

「どうした。不安そうな顔をしおって」

「いや、なんだ。大丈夫かなって」

「信じてるんじゃなかったのか？」

「いや、それはもちろん信じてる。信じてるんだけど、さ」

彼女のことを信用していないなんてことは絶対にない。

もちろんイヴはできる子だと思っている。

でも、それとは別で心配なものは心配なのである。保護者として、不安なものは不安だ。

心配しすぎと言われたら、それでおしまいだけど。

「ほほう。心配なんじゃな」

「まあ、そんなとこ」

薄暗くて、静かな寝室にてボタンは顎に手を当てる。しばらく考える素振りを見せた後、ぽんと手を叩いた。

「それじゃあ聞き耳を立てに行くか？　一応お主はイヴの保護者じゃ。それくらいの権利はあろう」

「……いいのかな」

「一応言っておくが、イヴを守れるのはお主だけじゃぞ？」

意味ありげに、俺に言ってくる。

イヴを守れるのは俺だけ……か。

確かにそうだ。彼女の味方は、今この状況では俺だけだ。ボタンは味方ではあるが、部外者でもある。この場を用意してくれたのはボタンだが、ボタンにとってはただそれだけのことしかできないということだろう。

「しかしイヴには『妾たちはお主を信じておるからの』って見送ってやった手前、これじゃあ信じていないような立ち回りをしてしまうな」

「なんだよ。急に行きにくくなったじゃないか」

「すまんて。まあ、どうするかはお主に任せる。妾はあくまで仲介役じゃ」

空いているベッドにボタンはダイヴし、ごろごろと寝転がる。しばらく転がっていたが、ぴたりと急に動きが止まった。

「ぐぅ～……」

「寝た……!?　嘘だろ……」

三秒くらいしか経っていないぞ。しかもこの状況で寝られるのかこいつは。

全く……別にいいけれど。

「完全に俺に任せるってスタンスなんだな」

そりゃ当然と言われたら当然である。これに関して言えば、決断するのは俺だ。ボタンには一切関係のないことである。

俺は嘆息しながら端のベッドに腰を下ろし、天井を見上げる。

イヴは今頃、両親と会っているのだろう。

あいつ、大丈夫かな。

温泉では覚悟はできているようだったけれど……心配のしすぎか。

俺って心配性なところがあるからな。あまりこういうのは、俺にとってもイヴにとってもよくないことだろう。

「……顔でも洗いに行くか」

少し気持ちを切り替えよう。

俺は腰を上げて、廊下に出る。

薄暗くろうそくが灯っているだけで、光なんてほぼないに等しい廊下は薄暗い。こう、知らない家の廊下ってなんだか薄気味悪いよな。

「……ん？」

とぼとぼと廊下を歩いていると、叫び声が聞こえてきた。男と女の声が混じっている。

立ち止まって、息を殺す。

じっと聞いてみるが、イヴの声ではない。

「大馬鹿者！」

「イヴ！　あなたは――」

今度ははっきりと聞こえた。間違いなくこの声は、イヴの両親のものだ。

そして、声の内容はイヴを糾弾するものだった。

しばらく聞いてみる。同時に、部屋の居場所も探る。

あれほど叫んでいるのだ。部屋の場所はすぐに見つかった。

俺は壁に背中を預け、聞き耳を立てる。

「イヴの両親の声しか聞こえないな……」

全くと言っていいほど、イヴの声は聞こえない。ただ、両親が一方的にイヴを罵《ののし》っているだけのように聞こえる。

「どうして私たちの命令が聞けないんだ！」

「だからあなたは一般市民にも馬鹿にされていたのです！」

「おいおい……これは酷いな」

イヴは過保護だって言っていたけど、過保護というよりも彼女を自分の所有物か何かだと考えているんじゃないのか。普通、命令だなんて言葉を自らの子供に言うなんて想像できない。

そりゃ、俺はまともに両親に育てられた記憶なんてないから正しいかどうかなんて知らない。

貴族の家のことなんて、もっと知らない。

もしかしたら、そこら辺の家族間でもよくあることなのかもしれない。貴族ならばなおさらかもしれない。

だから、これはあくまで俺の妄想にすぎない。

が、それでもこれは間違っていることだと思う。

「ね、ねえ。あたしの話を聞いてよ」

イヴの声が聞こえた。弱々しい、小さな声だ。

そして、聞き覚えのある言い方だなと思った。

俺が奴隷商として仕事を始める前。あまり言いたくはないが、奴隷商としての俺の先輩が連れていた奴隷は、いつもこんな言い方をしていた。様子を窺うような、怯えているような。全くもって、信用できていない声音だったのを覚えている。

「……っ」

彼女たちと、イヴの話し方は似ていた。

「なんだ、私たちに反抗する気か？　そういう反抗的な子供は痛い目に遭うと教えたはずだが」

「ここの村を治めている方には、暴力沙汰はやめてくださいと言われていましたが……今回ばかりは仕方がありませんね。これは教育ですし、構わないでしょう」

「ああ。私たちの教育だ。人様の教育方針に指図するなんて、あんな小娘にはできないだろう」

待て。これ、ヤバいんじゃないのか。

「待ってよ……お父さん、そんな真似しないでよ……お母さん……こんなの間違ってるって何回も言ったじゃん……」

どうする。

俺はどうすればいい。

彼女は今、追い詰められている。暴力を振るわれようとしている。

俺が止めに入らないといけない。でも、相手は吸血鬼だぞ。俺が勝てる相手じゃない。間に入ったところで、俺は殺されるだけだろう。

「何考えてんだ、俺」

俺は一歩前に出て、扉の方を見据える。

「恐れている場合じゃねえ」

時間稼ぎだけでもいい。間に入って、彼女を助けなければならない。

それが、俺の使命だ。

それが、俺が持つ責任だ。

何が死だ。イヴが傷つく方がよっぽど怖い。

扉を開き、バンと壁を叩く。

「あなた……誰ですか」

「お前は……誰だ」

とっさに俺の口から出た言葉は、

「彼女の、保護者です」

「スレイ……!?」

「あなたが保護者？　ふざけているの!?」

「お前か。私の娘をさらった悪人は」

母親が机を叩き、正面に座っている父親は俺の胸ぐらを掴んできた。

ありえない力だ。さすがは吸血鬼……人間とは違う。

しかし、俺を悪人と呼ぶか。

「この状況……どっちが悪人か分からないですね」

言おうとした刹那、頬に衝撃が走る。俺は耐えることができずに、床に倒れ込む。

震える瞳でどうにか正面を見ると、父親が拳を震わせていた。

どうやら殴られてしまったらしい。

まあ、そりゃ殴られるよな。

だって、実の娘すら殴ろうとした人物なのだから。

「ふざけるな。私たちはお前がどんな職に就いていたのかも把握している。奴隷商、お前がイヴを不幸にした張本人だ」

「そうよ！　イヴにどんな酷いことをしたの！」

なんだよそれ。急に保護者面しやがって。

さっきまで娘を殴ろうとしていたくせによ。

「言ってみろ極悪人！」

再度胸ぐらを掴まれ、俺はまた殴られる。

痛い。意識が飛んでしまいそうだ。

だが、俺はどうにか唇を噛み締めて意識を繋ぎ止める。

「俺は確かに奴隷商でした。否定はしま……せん。でも、俺は彼女の幸せを、あなたたちより、よっぽど願って――」

「御託を並べるな！　なるほどな。最後まで自分が行ってきた悪事は認めないってことか」

「ええ。あなた、こんなやつに遠慮はいらないわ。殺しましょう」

父親の腕が俺に伸びてくる。これ、殺されるな。

「なぁ、イヴ」

霞《かす》む視界を、彼女に向ける。

イヴは震えていた。

俺のことを見ながら、涙を流していた。

はは……泣かせちゃったよ。どう責任取ってくれるんだ、この両親はよ。

「お前はどうしたいんだ？」

「これ以上喋るな。楽に死ねないぞ」

イヴの父親が俺に向かって爪を向けた瞬間のことだ。

父親の動きが止まる。

「イヴ……!?」

違う。

止めたんだ。

イヴの手が、父親の腕を握っている。

やっと動き出した。

彼女の中の、自由への意志が。

「覚悟は決まったか？　俺、死にかけたんだけど」

かすれた声で話しかけると、イヴが苦笑する。

口だけで、言葉は発さずに「ごめん」と言ってみせた。

「イヴ。手を放してくれないか。こいつを殺せないじゃないか」

「放さない。絶対に放さない」

「放せ。これは父親からお前に対する命令だ」

「放さない。でも、話はする」

「不要だ」

「なら、あなたの指示には従わない」

「従わない、か。やはり反抗的な娘だな。こんな男に何の価値がある」

「そんな反抗的な娘に価値を見いだしてくれた人がいる。あなたではなく、こんな男が」

さっきまでとは違って、いい目をしている。

彼女、イヴは間違いなく覚悟が決まったようだ。

「あなたたちも相当クソだけど、こいつもこいつでクソだわ」

嘆息して、イヴは父親の腕を振り払う。

「鈍感で馬鹿で、単純思考で。本当にどうしようもないなって思ってる」

 はは。こいつ、言ってくれるじゃないか。

「でもね、その分不器用なりにあたしを愛してくれた。確かに世間的に見れば、歪《いびつ》かもしれない。不完全かもしれない。不健全かもしれない。けれど、あなたたちとは違って、あたしにとって正しい愛をくれた。そして――」

彼女は拳を握りしめ、両親を見据える。

「そして、自由をくれた。自由を約束してくれた。あなたたちがくれなかった自由をくれた」

「自由？　それがなんだ。お前には必要ない」

「そう。あなたは私たちの命令を聞いているだけでいいの。昔みたいに、何でも『はい』と言ういい子に戻ってくれると嬉しいわ」

父親は睨めつけ、母親は嫌な笑顔を浮かべる。

俺はどうにか立ち上がり、イヴの隣へと歩く。

そして、両親を見据えて。

「イヴは……お前らの――」

俺が声を出そうとした時、イヴは俺の口の前に手を伸ばす。

そうか。自分で言いたいんだな。

彼女の意思を汲み取り、言いかけた言葉をイヴにバトンタッチする。

「私は――あなたたちの道具なんかじゃない！」

「……貴様《きさま》！」

「なんてことを！」

父親が再度イヴに向かって手を伸ばそうとする。

刹那、父親の動きが鈍くなる。

「なっ……!?」

「あなたたちがなんて言おうが、あたしはスレイのところにいる。帰って」

イヴの目が赤く光っていた。鋭い瞳で相手を見据えて、手のひらをぐっと伸ばしている。

父親と母親の腕を掴み、掠《かす》れた声音で叫ぶ。

「あたしの親なら、これくらい許してよ！」

ぜぇぜぇと肩で息をしている。

もう、イヴは言い切った。後は俺の仕事だ。

「イヴの意思を尊重してやってくれませんか？　彼女のことは俺が責任を持って預かります。そして、彼女はあなたたちの道具なんかじゃありません。一人の、少女です」

「……人間。貴様に私の娘を預ける」

「あ、あなた！」

父親の発言に、母親は驚愕《きょうがく》を呈する。

慌てた様子で父親の肩にすがりつき、訂正を求める。

「窓を見てみろ。人が集まってきたようだ」

ちらりと父親が窓の方を一瞥する。俺も倣って窓を見ると、外には松明《たいまつ》を持った住人たちが集まっていた。

「ボタン……！」

窓の外にいるボタンと目が合った。俺の方を見て、グッドサインを送っている。

どうやら人は彼女が呼んだらしい。

「このままだと私たちが悪人だ。人間相手とはいえ、貴族としての立ち振る舞いを忘れてはならない」

「……あなたがそう言うのなら」

ははは……最後の最後は、貴族らしいな。

「それに、イヴがここまではっきりと言ったのは初めてだ。……少し、感心した。彼女は私たちが知っているイヴじゃない」

父親は近くに置いてあった帽子を深く被《かぶ》り、俺の前を横切る。

「スレイと言ったか。人間風情がよくも、この娘を成長させたな」

「俺は何もしていないですよ。イヴが一人で成長しただけのこと」

「……そうか」

言いながら、扉がパタンと閉められる。

途端、体の力が一気に抜けた。

ふらふらとよろめいてしまうが、咄嗟にイヴが支えてくれた。

「ありがとう、スレイ」

「俺は何もしてないよ。イヴ、頑張ったな」

「……うん。スレイのおかげ」

「だから俺は何もしてない――」

「ファ◯キュー！　ふう、間に合ってよかったのじゃ！」

ふと視線をやると、中指を立てたボタンたちの姿があった。

ははは……雰囲気ぶち壊しだっつうの。

「ダメだ。ちょっと眠い」

「え!?　スレイ!?」

意識が沈んでいくのが分かる。

俺、寝てなかったからな。その上にこの騒動ときたら、まあ限界は来るだろう。

「後は……ボタンに……」

言いかけて、俺はイヴに体重を預けた。

◆

「ねえスレイ〜！　いつまで寝てるの〜？」

「さすがに寝すぎですよ……」

「ん……ああ」

ミーアたちの声が聞こえる。薄く目を開けてみると、二人が俺の顔を覗き込んできていた。外を一瞥すると、夕日が見えていた。

うわ、俺めっちゃ寝てたな。

「悪い悪い……ところでイヴは」

「おはよう。スレイ」

「あ、元気？」

「何それ。それが目覚めて最初の一言？」

「元気ならいいや。ふぁぁ……よく寝た」

伸びをしながら、ゆっくりと体を起こす。

「ええ？　二人とも何かあったの？」

「何か意味ありげですね……？」

俺は笑いながら頭をかく。

「なんでもないよ。いつも通りだ」

「ええ。いつも通りよ」

「本当～？」

「それならいいですけど……うーん？」

二人はお互い顔を見合わせて、首を傾げる。

ともあれ、今回ばかりは二人には内緒だ。

これはイヴの話であり、イヴが決断すべきことだった。

俺はベッドから立ち上がり、キョロキョロと辺りを見渡す。

「あれ。ボタンは？」

「なんか村人に呼び出されて忙しそうにしてたよ～！」

「ですです。緊急の案件だって言ってました」

「緊急の案件？　なんだそれ」

「さぁ。ただ、『お礼はいいから、先に帰ってよいぞ！』と言われてます」

「ええ？　なんだかそれは悪い気がするなぁ……まあ、忙しいなら無理して挨拶するのも逆に迷惑か」

そう言いながら、俺は視線を動かすと、ふと机の上に目が行った。

あんなところに紙なんて置かれてたっけか。

近づいて表面を見てみると『スレイへ』と書かれていた。

手に取り、内容を一瞥する。

「んじゃ、お言葉に甘えて俺たちは帰るとするか」

「あれ？　何かあったんじゃなかったの～？」

「いや、なんでもないよ。なんか手紙でも、ボタンが先に帰っていいぞって残してたのを見つけただけ」

「ふーん。それならいいや！」

ミーアは耳をピコピコと動かして、レイレイの方を見る。

「それじゃあ！　私、帰ったら速攻レイレイのごはんが食べたい！」

「それはあたしも賛成」

「えへへ……嬉しいですね」

二人の言葉に、もじもじと照れるレイレイを見て俺はふうと息を吐く。

平和だな。やっぱり、俺たちはこうじゃなきゃ。

「スレイさんは何か食べたいものとかありますか？」

「ん？　ああ」

まさか俺に話が飛んでくるとは思わなくて、変な声が出てしまう。

料理……か。

「温かいスープでも飲みたいかなぁ」

「スープですか！　分かりました！」

三人がわいわいと騒ぎ出す。

「とびきり美味しいのを頼むぜ！」

俺はその輪の中に飛び込んで、レイレイの肩を叩きながら歩き始めた。

ふと、イヴと目が合う。

少し照れた素振りを見せた後、笑顔を浮かべる。

「自由なんだね」

「ああ。俺たちは自由だ」

「何今更〜！　どうしたの？」

「やっぱり何かありました？」

「「なんでもなーい」」

俺とイヴは同時にそんなことを言って、一歩前を歩き始めた。

◆

「お泊まり会では色々とお世話になった。ありがとう」

「いいんじゃよ。妾は当然のことをしたまでじゃ」

その日の深夜。ミーアたちが寝静まった頃に、俺は家の前でボタンと話をしていた。

「で、緊急の案件ってなんなんだ。手紙には『深夜には落ち着くじゃろうから、お主の家の外で待っておいてくれ』としか書かれてなかったけど」

「すまないのじゃ。もう少し早く連絡したかったのじゃが、なかなか話がまとまらない予感がしての。案の定時間がかかったわ」

そう言いながら、ボタンは近くにある木に背中を預ける。

はぁ、と息を吐いて腕を組んでみせた。

「悪いニュースがある。聞きたいかの？」

「なんだよ急に」

「いいから答えるのじゃ。判断が遅い男は嫌われるぞ」

ボタンに急かされるので、俺は慌てて返事をする。

「んじゃあ、教えてくれよ」

答えると、ボタンは静かに話す。

「ヤモリから宣戦布告があった。んで連絡が遅くなった理由、お主が爆睡している間に妾の部下が数名、襲撃されたらしい。死者は出ていないのじゃが、けが人は出てしまった。今回ばかりは、妾たちは他人事じゃいられないらしい」

第四章

CHAPTER 4

「報告をしろ。宣戦布告の旨はしっかりとあいつらに伝えてきたな？」

薄暗い室内。ヤモリは椅子にもたれかかって、銃をいじりながら部下の一人に質問する。

「はっ。伝えてきました」

「命令通りにしたらしいな。ところで、お前には銃を持たせたはずだが」

ヤモリの視線が、部下の腰に移動する。片手型のハンドガンがそこにはあった。ヤモリが持っている銃と同じ型だ。

「村人に数発……」

「あはははは!!　いいじゃねえか！」

ヤモリは銃をくるくると手元で回しながら、満足そうに笑う。

「よくやった、戦争前の景気付けになったな」

しかし、当の本人は不安そうな表情を浮かべていた。

「む、村一つ巻き込んじゃっていいんですか？　私たちの目標はスレイたちですよね？」

「あぁ？　何を今更言ってんだ。いいんだよ。村を巻き込んじまえば、スレイの野郎はいよいよ逃げられなくなるだろうしな」

そう言いながら、ヤモリは笑みを浮かべる。

楽しそうにしながら、こつんと机の上に銃を置いた。

「言っただろう、戦争をするってな」

「戦争って……まさかスレイに俺たちが一度敗退した時点で、引き返せないところまで来ちまったんだ」

「当たり前だろ。スレイの関係者以外も……」

ヤモリは手を広げて、くつくつと笑う。

「部下全員に伝えろ。遠慮はいらない。あるだけの武器を持ち、可能な限り最大の武装をし、貴重なものは全て奪い取れ。借金取りのお時間だ、と」

「わ、分かりました！」

走っていく部下を眺めながら、ヤモリはゆっくりと腰を上げる。机の上に広げられている地図をなぞりながら、こつんと一つの地点を叩く。

「待ってろよスレイ。お前はオレを馬鹿にしすぎた」

◆

「おはようなのじゃ～」

「お、おはよう!?」

「ええ？　どうしてボタンさんがここにいるんですか？」

「何事!?」

「驚かせてすまないの。あ、パンは食うか？　焼いてみたのじゃ」

「それは欲しい！」

「も、もらいます！」

「あ、ありがとう」

……全く。ボタンって本当にタフだよな。こういう状況でもめちゃくちゃ落ち着いている。気合いで村をまとめているだけあるよ。尊敬する。

俺は嘆息しながら近くの椅子に座り、ボタンの方を見る。

「なんじゃ。じっと見て。妾に恋をしておるのか？」

「ある意味ドキドキしてるよ。すげえなボタン」

「まあ尊敬するな。妾を尊敬しても、出てくるのは重たい愛だけじゃ」

「お前はいつから重たい女になったんだよ」

「実際胃もたれしておるじゃろ？」

「否定はしない」

「そういう時は否定するものじゃ。乙女な妾が傷ついてしまうじゃろうが」

「どっちだよ。というかいつからお前は乙女になった」

軽い会話をしながらも、俺の内心には不安が募るばかりだった。俺はボタンとは違って、生憎とタフじゃない。不安なものは不安だし、心配なことは心配だ。

なにより、数名けが人が出ているのが現状である。彼女のメンタルというか、彼女の強い精神力は一体どこから来ているのだろうか。不思議でしかたがない。

「パン美味しい！　……けど、どうしてボタンはここにいるの？」

「それです。どうしてですか？」

「珍しいというか、ボタンらしくないわよ？」

やはり、三人は不思議に思っているらしい。まあ、普通なら疑問に思うだろう。

お呼び出しをする時も手紙だったし、俺たちの家に来たこともあったが、その時は俺たちの家に興味があったからだ。彼女の性格的に考えて、何もない時に家へやってくるとは考えられないのだろう。

ボタンは椅子に座り、頬杖《ほおづえ》をつきながらミーアたちを一瞥する。

「うむ。お主らも妾の性格が分かってきておるようじゃな。もちろん、妾は目的もなしにこの家へ来ることはない」

三人はあまり理解はしていない様子ではあるが、彼女の発言にどこか緊張感を覚えている様子だった。

「ヤモリが妾たちに宣戦布告してきた」

「ヤモリが!?」

「……ついに」

「……いつかは来ると思ってたわ」

前々からヤモリはいつか来るだろうと話をしていた分、まだ冷静なようだ。

しかし、レイレイは違和感を抱いたらしい。

ゆっくり手を挙げて、ボタンに質問する。

「『妾たちに』って言いましたよね？　ボタンさんたち――第三村も巻き込まれているんですか？」

「部下たちが数名けがを負った。どうやら宣戦布告をこちらに言い渡すついでに、部下を襲ったようじゃ」

指をくるくると回しながら、ボタンは語る。

「つまり、妾たちも他人事じゃいられないということじゃ。だから妾たちは宣戦布告を受け入れることにした」

言いながら、俺の方をちらりと見てくる。

「まあ、妾たちが参戦するのも、ヤモリの計画のうちじゃろうがな」

「間違いないだろうな。多分、ボタンたちを巻き込んだのは俺たちが逃げられないように……ってところだろう」

本当に卑怯な奴らだ。ボタンたちは関係ないってのに。

「しかし……これに関して言えば、元をたどれば妾の責任もある。実際、ヤモリたちにスレイの居場所を提供したのは妾じゃ」

ボタンは顔を俯く。低い声音で、

「お主たちは逃げてもよい。第三村から逃げれば、ヤモリたちはお主らを見失う。これからは平穏な生活ができるじゃろう」

「お、おい！　急に何言ってんだよ！」

俺は慌てて声を出す。

「実際そうじゃ。こうなってしまった責任は妾にある。じゃから、お主らを逃がす責任も妾にはある」

俺たちを逃がす……。

確かに、今ここで逃げればヤモリは俺たちを見失うだろう。しばらくは……いや、多分完全に見失う。遠くへ逃げれば、ヤモリも諦める可能性が高いだろう。

でも。

「私たちも戦うよ！」

「そうです！　確かにボタンさんにも責任はあります。でも、わたしたちは友達じゃないですか！」

「友達なら、お互い手を取り合わないとね」

そうだ。その通りだ。

俺たちは友達だ。確かに色々と不純なことがあったかもしれない。

もめ事になりかねないこともあった。

でも、間違いなく俺たちとボタンは友人で、親しい仲である。

「俺たちも戦う。逃げるわけがないだろ？　三人も言ってるが、俺たちは友達なんだ」

友達を見捨てるなんて、俺にはできない。

「……お主ら」

ボタンはぎゅっと拳を握りしめて、顔をこちらに向ける。

「やはりお主らは最高じゃ！　妾は感動したぞ！」

ケラケラと笑いながら、彼女は椅子から立ち上がる。

そして、俺たちを見渡して、腰に手を当てた。

「全面戦争じゃ！　ヤモリたちを迎え撃つのじゃ！　ガハハハハ！」

俺は壁に背中を預けて、嘆息する。全く……ボタンは本当にいい性格をしているよ。

尊敬する。さすがはヤバい村の長なだけある。

「戦争か……正直言えば不安だな」

ヤモリたちは本気だ。なんせ、既にけが人が出ているレベルなのだ。下手をすれば、この時点で死人が出ていた可能性だってある。

「安心せい」

ボタンが肩を叩いてくる。

「死者は絶対に出さない。断言するのじゃ」

「本当か？」

「妾、嘘を吐いたことがあったかの？」

「卑怯なことはたくさんしてきたな」

「そんなやつが味方じゃと考えると、どこか安心しないかの？」

「ある意味」

そう。ある意味信用できる。

悪い意味でも、良い意味でも。まあそれがボタンのいいところなんだけど。

「んじゃ、ヤモリを迎え撃つ準備をしなきゃな。で、いつ攻めてくるんだ。宣戦布告されたってことは、日時指定もあっただろ」

「今日の夜じゃな」

「は……？」

「ええ？」

「きょ、今日ですか？」

「……突然すぎない？」

「相手は妾たちに万全の準備なんてさせる気はないのじゃろう。卑怯な真似をしよる」

ため息を吐きながら、ボタンは玄関へと向かう。

「でも私たちなら大丈夫だよ！」

「確かに唐突ですが、わたしたちは一度ヤモリをぶっ倒したんですから！」

「そうね。問題は、ないかしら」

「そう言ってくれるのは心強いのじゃ。しかし……以前とは規模が違うと思う」

ドアノブに手をかけ、ボタンはこちらをちらりと見る。

「相手は本気じゃ。数十人規模でこちらに攻めてくるぞ」

「……戦争っていうくらいだもんな」

「慢心は死を招く。妾たちは誰にも死んでほしくないから、お主たちも慢心はしないようにするのじゃ」

扉を開けたボタンは、ふうと息を吐く。

「良い空気じゃ。やはり森の空気は良いものじゃの」

「ボタン」

「分かっておる。皆まで言うな」

俺の声を、ボタンは手で制する。

「戦争じゃ。お主ら、妾に付いてきてくれ」

◆

第三村はいつにもまして、喧噪に包まれていた。男たちは村の正面に集まり、武器を持っている。女性や子供たちは村の奥の方へ避難しているようだった。

「見ての通り、第三村はそこまで武器が豊富ではない。男たちを見てみろ。持っている武器は弓か槍、それか剣じゃ」

「ああ。確かにそうだな」

「対して、ヤモリたちは銃を持っている。原人と現代人が戦ったらどうなるのか、なんて分かりきっておることじゃ」

「……どうするんだよ」

「大丈夫じゃ。妾にも考えはある」

ボタン邸の扉を開き、俺たちは中へと入る。

彼女に案内されるがまま、俺たちは廊下を歩いた。

しばらく進んでいると、一つの扉の前で止まる。

「ここは妾の部屋じゃ。初めて見せるの」

促されるがまま、中へと入る。

そこはなんというか、女の子の部屋にしては簡素なものだった。

村の長らしいと言えばらしいのだけれど。

「ヤモリは銃を持っていると言ったが、しかし銃は貴重なものには変わりない。全員が持っているわけではないじゃろう」

言って、ボタンはミーアたちを見る。

「ミーアとイヴ、レイレイは銃を持っている者たちを相手にしてくれ。お主たちならできるな？」

「もちろん！」

「任せてください！」

「ええ。大丈夫よ」

三人はこくりと頷く。

少々心配だが、彼女たちなら大丈夫だろう。

「そして、スレイじゃ」

ボタンは自分の机の棚から、何かを取り出す。

そして、俺に手渡してきた。

「……これは」

「銃じゃ。この村には二丁しか銃がなくての。妾とお主は銃を念のため所持しておくようにしておきたい」

「俺……こんなもの扱ったこと、ないんだけど」

「簡単じゃ。引き金を引くだけじゃよ」

俺は手渡された銃を、じーと見つめる。

ヤモリが持っていた銃と同じ、片手で撃てるタイプのものだ。片手で……人を殺せる道具だ。

「もちろん、人は殺さない前提じゃ。あくまで護身用」

しかし、とボタンは言う。

「殺さないといけない場面も、存在する。銃は自分を守る道具でもあるが、人を殺す道具でもあるのじゃ」

「分かってるよ。でも、俺は殺したくないかな」

「なら死ぬ気で頑張るのじゃ。ヤモリと同じレベルにはなりたくないじゃろ」

「……ああ」

俺は銃を腰に下げる。

ふと手のひらを見てみると、汗でびっしょりだった。はは、めっちゃ緊張してるじゃん。

「それじゃあ一度解散じゃ。ミーアたち三人は部下たちの手伝いをしてやってくれ。夜まではまだ時間がある。精一杯、準備の手伝いをしてやってくれ。んで、スレイは妾のところに残れ」

「俺は手伝わなくていいのか？」

「いいから残れ。お主は妾とランデブーする必要があるのじゃ」

「たっく……分かったよ。三人とも、頼んだぞ」

「任せて！」

「それじゃあ行ってきます！」

「待ってるわよ」

そう言いながら、三人は部屋から飛び出していく。

見送った俺は、ふうと息を吐いて近くの椅子に座った。

「で、どうしたんだよ。俺を残して」

「いやな。ただ、少しお主と話がしたかっただけじゃ」

「なんだそれ」

苦笑してみせると、ボタンも俺に倣うように笑ってみせる。

けれど、どこか表情は曇って見えた。初めて、彼女の表情に陰りが見えたように思う。

「どうした？」

「お主は、妾のことをどう思っておる？」

「どう思ってるって……突然だな。というか、お前らしくない質問だ」

言葉にも出したが、彼女がこんな質問をするなんて思ったことがなかった。正直、驚きである。

自分がどう見えているのか、という質問――そもそもボタンがそんなことを考えているなんて意外である。

「妾は……不安じゃ。こうなって初めて、不安を感じておる」

「不安？」

ボタンは俺の正面に椅子を持ってきて、ちょこんと座った。膝の上で拳を握りしめている。

「これまで好きなようにやってきた。妾がしたいことをやってきた。どんなことでもやってきた……違うのじゃ。どんなことをやっても許されてきたのじゃ」

部下たちは、住人たちは笑って許してくれた、と。

「でも……妾のせいで、けが人が出てしまった。戦争になってしまった。……いつも笑って許してくれた者たちが、妾のせいで死ぬかもしれない……それが、怖い」

彼女の手が震えている。表情は俯いているから見えないが、決していいものではないだろう。

「部下たちは今回も笑って協力してくれたが、本当は――内心は妾のことをどう思っているのかと思うと、怖くて何もできなくなる。ほら、手も震えているのじゃ」

珍しい、弱音だった。

ボタンらしくない、なんて言い方はやっぱり悪いかもしれない。

彼女も俺と同じ人間で、一人の幼い少女だ。

なんて、俺は偉そうなことを心の中で思ってはいるが……年齢差なんて少ししかないんだけれど。

「妾は……どうすればよいと思う？」

問い。

俺の回答を待っている。

けれど、残念ながら俺は何もできない。俺はそこまで有能ではない。

「すまんが、俺は一言で解決策を提案できるほど賢くはない。それに、そんな教養も持ち合わせていない」

「……」

何もできない、というのが答えである。

彼女の困っていることは、結局は彼女が解決すべき問題である。他人事なんて言葉は嫌いではあるが、俺にはどうしようもないことだ。

「ちなみにだけどさ。部下たちは、村人たちはお前に何か言ったか？」

「何か……？」

「そう、何か。文句だったり色々。マイナス方面のことを言われたか？」

尋ねると、ボタンは横に首を振る。

「多分、またボタンのやつが面倒ごとを持ってきやがった。くらいにしか思ってないぜ」

「それは問題なんじゃないのか？」

「問題ないと思うよ。知ってるかボタン。人間ってのは、グループで生活している。上手く生きていくには、その中でキャラを作るのが大事なんだ。だから……あれだ。ボタンはそういうキャラだから問題ない」

「な、なんじゃ！　妾がトラブルメーカーだと言いたいのか！」

「その通り」

「は、はぁ⁉　わ、妾は……妾は……反論できぬ」

ボタンは興奮気味に立ち上がるが、すぐに座り込んだ。口をつんと尖らせて、指を動かしている。

「それでいいんだよ。ボタンはそういうキャラなんだから、部下たちは何も思っていないさ」

「つまり、どういうことじゃ」

「普段通りでいいってこと。あんま気にしすぎるなって。お前らしくない、ぞ」

「のじゃっ⁉」

そう言いながら、俺はボタンにデコピンをかます。もろに喰らったボタンは額を押さえて苦しそうに呻いた。

「痛いのじゃ！」

「不安は吹き飛んだか？」

「その前に妾は突然暴力を振るってきたお主に文句がある！」

「大丈夫そうだな。んじゃ、俺はミーアたちのところに向かうわ」

椅子から立ち上がり、踵を返して扉の方に向かう。

「スレイ!!」

「なんだ？」

背後からボタンが叫んできたので、俺は腰に手を当てて答えを待つ。

「ありがとう……なのじゃ」

「お礼できるんだな。お前」

「妾を馬鹿にしておるのか⁉」

「なんでもねぇよ」

「お主！　……はやはり卑怯者じゃ！」

「なんだ。じっと見てきて。もしかして俺に恋してるのか？」

「してないのじゃ！」

「まあ、俺もロリ娘には興味ないからな。俺は生憎とお姉さん派なんだ」

「聞いてないのじゃ！」

「というわけだから、出直してこい」

「だから聞いてないのじゃ！」

切れ気味のボタンに対して、俺はケラケラと笑いながら踵を返す。さてと、早速ミーアたちの手伝いにでも行くか。

俺たちだけ参加しないってのもおかしいしな。

「ま、待つのじゃ！」

「待たねぇよ。早く行かないと、あいつら可哀想だろ？」

「違うのじゃ！　外、外じゃ！」

「外？　どうしたんだよ急に」

ボタンが何やら、窓に張り付いて騒いでいるようだった。一体どうしたんだ。

必死で手招きしてくるので、俺は半ば困惑しながら彼女の隣に立つ。

「のろし……？」

外を見てみると、白い煙が上がっていた。

「攻めてきおった……！　ヤモリが来たのじゃ！」

「は、はぁ!?　まだ時間には余裕があるはずだろ!?」

時間的に言えば、現在は夕方。指定してきた時間には、余裕がある。

「ヤモリを信用するのが間違いだったのじゃ……！」

「たっく……最悪だな」

俺は嘆息しながら、ボタンの肩を叩く。

「急ごう。多分、お前の部下も俺の子たちも戦ってる」

ドアノブに手をかけ、彼女の方を一瞥する。

「大丈夫だな、ボタン」

「大丈夫じゃ。妾は、もう大丈夫」

◆

俺たちは必死で走りながら、村の正面へと向かう。騒がしい声が、向こうの方から聞こえてくる。何回も何回も、弓が放たれる音がする。

「銃声は聞こえないな」

「そうじゃな。間違いなく銃を所持していると思っていたが、妾の間違いじゃったのだろうか」

俺たちは違和感を覚えながら、駆け抜けていく。

やっと正面が見えてきた。男たちは壁となり、弓矢を構えている。更に遠くの方を見ると、剣や槍を持った男たちが同じく武器を持つ男たちとぶつかりあっていた。

「お主ら、状況は」

「今のところ、俺たちが押しています。負傷者も今のところ報告は上がってないです」

「ふむ。想像より上振れているの」

「これもミーアさんたちのおかげですよ。彼女たちが前線で無双しているおかげで、俺たちは無事ってわけです」

「ミーアたちは戦っているのか」

「様子、見ますか？」

俺がぼそりと呟くと、男が双眼鏡を見せてくる。

「いいんですか？」

「ええ。ただ、注意してください」

聞くと、男は険しい表情で答える。

「あいつら、銃を持っています。なぜか使ってきませんが、顔を出すと撃たれる可能性があるのは否めません」

「銃を持っているのに使ってこないとな？　スレイ、嫌な予感がするの」

「ああ。まあ状況が動かないうちは、何も言えない。とりあえず双眼鏡、借りますね」

男から双眼鏡を受け取り、簡易的な壁から顔を出す。

双眼鏡越しに、複数の人間が見える。あれがボタンの部下だろう。順調にヤモリたちの軍勢を押している。

ええと、ミーアたちはどこだ。

「見つけた」

前線で戦っているのが見える。それこそ、男たちが言っていたように無双していた。

めちゃくちゃ順調じゃないか。

これ……案外楽勝なんじゃないのか？

なんて思いながら、俺は双眼鏡から目を離そうとする。

瞬間のことだった。

一瞬、なにやら光るものが見えたのだ。

慌てて双眼鏡を構え、光ったものを探す。

「……は？」

そこには、ヤモリの姿があった。ヤモリが双眼鏡を構えながら、こちらに手を振っている。

じっと見ていると、ヤモリの口が動いた。

もちろん声は聞こえない。しかし、繰り返し同じことを言っているようだった。

俺はじっと見ながら、ヤモリがなんと言っているのか探ろうとする。

しかし、すぐに理解した。

彼は『見つけた』と言っている。

「なあボタン。多分、これヤバい――」

慌ててボタンに伝えようとした刹那。

――パンっ！

「は……!?」

破裂音が聞こえた。一瞬、何が起きたのか理解できなかった。

ただ、硝煙の香りが鼻孔をくすぐり、俺は直感的に理解する。

あいつ……発砲の指示を出しやがった。

「医療班!!　急げ!!　撃たれた人間がいる!!」

「急げ!!　早く!!　早く!!」

頭が真っ白になる。嘘だろ、あいつ。

本気かよ。

「撃たれたのは誰じゃ！　妾も向かう！」

隣にいたボタンが必死の形相で走る。一瞥してみると、どうやら部下の一人の肩に銃弾が命中したらしい。命に別状はなさそうだが……いよいよこちら側にけが人が出てしまった。

――パンっ！

「医療班！　こっちもだ！」

「分かっている！　少し待ってくれ！」

目の前で、人が倒れていく。さっきまで、元気そうだった人たちが倒れていく。

息が荒くなるのを感じる。心臓はバクバクと音を立てていた。

このままじゃダメだ。

ヤモリの好きなようにさせたら、本当に死人が出てしまう。

「ボタン！　俺、行ってくる！」

「は、はぁ!?　お主、ちょっと待て！」

「待たねぇ！　っていうか、待ってられるかよ！」

俺はボタンの声を無視して、正面から村の外へと走っていく。ボタン側の兵士が、発砲を境にこちら側へと撤退を開始していた。発砲は相変わらず止まらないが、そこまで精度は高くないらしい。それもそのはず、相手の兵士の多くはほぼ戦闘不能状態。数はかなり少なくなっている。

銃弾に関して言えば、撤退を始めている兵士にはほぼ当たっていないといった様子だった。村付近でけが人が出ていたのは、多分流れ弾が原因だろう。

とはいえ、ヤモリがやっていることは許されないことだ。

絶対に許されてはならないことだ。

「スレイ⁉」

「き、来ちゃダメですよ！」

「何してんのよ！」

前線で未だに戦っているミーアたちと目が合う。彼女たちは慌てて、俺に逃げるよう促してきた。

「俺も戦う」

「「「はぁ⁉」」」

珍しく全員の声が重なった。まさに全否定といったところである。

「お前らが戦ってるんだ。俺だけ遠くで見守ってるってのもおかしいだろ――」

「スレイの野郎、やっぱり来やがったぞ！　こいつを殺したら、かなり楽になるぜ！」

ヤモリの部下たちが、ミーアたちを無視して俺の方へと走ってくる。なるほどね、やっぱり俺をぶっ殺したいわけか。

敵を見据えながら、俺はにやりと笑って腰に下げている銃を手に持つ。

構えて、敵に銃口をちらつかせた。

「俺も武器を持っている。下手に攻撃してきたら、お前ら全員地獄行きだぞ？」

「なっ……なんでこいつが武器を持ってんだよ……！」

脅しは意外にも効果があったらしい。相手は若干動揺しながら、一定の距離を取ってくる。

しかし相手は複数人いる。俺よりも明らかに有利だ。

それに敵も気がついたのか、くつくつと微笑を浮かべて銃を向けてくる。

「ま、関係ねえか。一斉に銃をぶっ放せば解決だ」

一人の男がそう言うと、全員が俺に銃口を見せる。

まあ、正解だ。こんなことをされると、俺は何もできない。ただ威嚇《いかく》するので精一杯だ。

「でもなぁ……お前ら、ずいぶんと人数が減ったようで。俺が来るまでに、第三村の人たちとミーアたちにボコボコにされたのか？」

「あ、ああ⁉」

「なんだてめえ⁉」

「それに……お前らは人殺しに慣れてないようだな。銃を持ってる手が震えてるぞ？」

そう言って、俺は相手に銃を構える。

「対して、俺は震えていない。これじゃあ、どっちが上か戦わなくても分かるよなぁ」

「な、舐めてんのかてめえ！　お前ら！　ぶっ放せ！」

俺の挑発に乗って、全員が引き金に指を持っていく。

こんな人数に銃を向けられたら、相手が人殺しに慣れていなくても一発くらいは俺に当たるだろう。

実質、詰みである。

しかしながらそれは、俺に味方がいない場合。

生憎と俺には味方がいる。ミーアたちが近くに控えている。

それに、ミーアたちを無視して残りの兵士全員を俺に向けているのが問題だ。

これじゃあ……こうなっちまう。

「スレイに手を出すな！」

「全員……無力化します」

「覚悟しなさい」

ミーアとイヴが一瞬にして、俺の近場にいた兵士たちを無力化していく。残った兵士たちは、レイレイが魔法によって地面に叩きつけた。

「く、クソが！」

唯一残った兵士が、俺に向かって走ってくる。どうやら俺だけでも……ってところらしい。

が、残念ながら俺に到達することなくレイレイの魔法によって無力化された。

「お前ら、一応確認だけど誰も殺していないな」

「もちろん！」

「誰も殺してません！」

「当たり前でしょ」

「よーしいい子だ。報復はそれくらいでいい」

俺は手を払いながら、ミーアたちの方に駆け寄る。

「健全に行こう。残酷なことは、俺たちはしちゃいけない」

そう言いながら、俺は腰に手を当てて周囲を見渡す。

「ヤモリの野郎はどこかなっと」

兵士は全滅。後はヤモリさえぶっ潰せば解決だ。

「ミーアたちはヤモリのこと、見なかったか？」

「見てないよ」

「見てません」

「あたしも」

「え、マジで？　俺は見たんだけどな」

確か、ミーアたちの近くにいたはずなんだけど。

そんなことを思いながら、俺は近くの林の方へと歩き出す。この中に隠れているのかもしれないと思ったからだ。

が、それが問題だった。

俺は、油断してしまった。

「……っ!?」

何かが飛んできたかと思うと、視界が一瞬にして煙によって失われる。

「発煙弾……！」

すぐに理解したが、あまりにも遅すぎた。俺は視界が奪われた状態。ミーアたちがどこにいるのかも分からない。

「み……みんな……」

声を出そうとするが、煙のせいで上手く発声ができない。まともに動くこともできないため、俺はただこの煙が晴れるのを待つことしかできない状態だった。

「待ってたぜぇ。この瞬間をよぉ！」

煙が落ち着いてきた頃合いに、男の声が聞こえる。俺はどうにか煙を吸わないようにしながら、声の方を見る。

「使えねえ部下は全員無力化されたが、問題はない。別に信用していなかったしな」

「ス、スレイ……！」

「ミーア!!」

「ミーアさん!?」

「嘘でしょ!?」

ヤモリがミーアの腕を握っている。それだけならよかった。だが、彼女に向かって銃口を向けている。

「最後に勝てばいい。オレの勝ちだ、スレイ」

「……銃なんて効かないよ！　すぐにぶっ壊してやる――」

ミーアが叫ぼうとした瞬間、彼女のこめかみに向かって銃口をぐっと当てる。

「生憎、人間は学ぶんだ。前回の反省はしっかりしている」

そう言って、ヤモリが俺のことを睨めつけてきた。

「魔族に効く特製の銃弾を用意してやった。借金取りを敵にするってのはこういうことだ」

「え……スレイ……これ、私、死ぬ？」

は……魔族に効く弾丸？

「嘘だろ……!?」

「残念。本当だ」

ミーアは珍しく怯えていた。抵抗しようとはせずに、瞳が揺れるばかりだった。だが、抵抗してしまえば彼女は間違いなく撃ち抜かれてしまうだろう。

「どうするスレイ？　ここはおとなしく負けを認めた方がいいぜ？」

目の前が真っ白になる。

魔物に効く弾丸ってのが本当ならば、この状況……ミーアが死ぬんじゃないのか？

「ど、どうすれば……」

「動けないわよ……スレイ！」

動けない。

動いたら、間違いなくミーアが撃たれてしまう。

負けを認めるか。いや、負けを認めるってことは、すなわち全滅を意味する。

ボタンたちの援護を待つか。ダメだ。あれほどトラブっているのだ。援護は望めない。

「そうだ。この弾丸が本当に魔族に効くのか知りたいよな。オレはよ、試してきたんだ。何体も魔族を事前にぶっ殺してきた。だからよ、スレイにも見せてやるよ」

言って、ヤモリがミーアの腕に銃を当てる。

「この一発で腕が吹き飛んじまうんだぜ――」

絶対――殺させない。

刹那、銃声が響く。

場が静まりかえった。

「――う、うがぁぁぁぁ!?　腕が……腕が……!」

ヤモリは自分の腕を押さえながら、地面に倒れる。

血が溢れて止まらないといった様子だった。涙を流しながら、地面で狼狽《うろた》える。

「ミーア、大丈夫か」

「う、うん!」

こちらに走ってくるミーアを受け止めた後、俺は拳に力を込める。

目の前のこいつは……ミーアを殺そうとした。俺の仲間たちを殺そうとした。

「ヤモリィィィ!!」

地面でもがいているヤモリの胸ぐらを掴み、ぐっとこちらに引き寄せる。

こいつの顔が憎い。こいつの存在が憎い。

「なんだぁ……その手はよぉ……!?」

俺の手は銃を握り、それを彼の額に突きつけていた。

引き金に力が入るのが分かる。

「はぁ……はぁ……」

冷酷になってやる。冷血になってやる。冷淡になってやる。

こいつは、生きてちゃいけない人間だ。

「俺は……お前を……！」

「てめえみたいなゴミが俺を殺せるのか⁉　ああ⁉」

やってやる。

簡単な話だ。

引き金を引けば、すぐ終わる――。

「スレイ！　ダメだよ！　何してるんだよ！」

「ミーア……？」

俺の腕に、涙を流しながらしがみつくミーアの姿があった。

一瞬俺は、彼女がどうしてそんなことをしているのか理解できずに困惑してしまう。

それでもミーアは何度も腕をゆさぶりながら、訴えかけてくる。

「殺しちゃ……ダメだよ！　これじゃあスレイも同じになっちゃうよ！」

「お、同じ……」

ちらりと、ヤモリを一瞥する。

今が確かに、こいつを殺すチャンスだ。

でも、そうだ。何を考えてたんだ俺は。

「見てよスレイ！　レイレイやイヴも……怖がってるよ？」

「……スレイさん」

「……スレイ」

殺しちゃ、ダメだ。

今こいつを殺せば、同じになっちまう。

ヤモリを殺すことなんて、誰も望んでいないことなんだ。

俺がするべきこと。

『生命を奪う』以外の選択肢で、こいつを『殺す』方法なんていくらでもある。

「俺はいつも本気だ。右腕……出血が止まらないようだな。このままだと、多分お前は出血死しちまう」

俺は自分の服をちぎり、嘆息しながらヤモリの腕に触る。

「お、てめえ……何してんだよ！」

「お前を『殺す』方法。それは、お前を助けることだ」

出血部をぎゅっとしばる。

「……ふざけるな！　殺せ！　殺すならオレを殺せ！　これじゃあオレがてめえに情けをかけられちまったようじゃねえか！」

「……哀れだな」

「やめろ！　やめてくれ！　オレをそんな目で見るな！」

「お前は、ゴミだと罵った野郎に情けをかけられたんだ。本当に、哀れだよ」

「クソ……殺せ！　オレを殺せ！　魔族の野郎！　オレを殺せ！」

ヤモリは今にも取り乱しそうな状況で、掠れた声で足掻《あが》いていた。

俺は嘆息しながらレイレイに視線を移し、

「レイレイ。こいつの部下を起こしてやってくれ。回収してもらう」

すると、彼女は倒れている部下たちに回復魔法を付与する。

ゆらゆらと起き上がり始め、ヤモリの状況を見て全てを理解したらしい。

何も言わず、武器を捨てていく。

「いいか、今から言うことをよーく聞いておけ！」

息を吸い込み、ヤモリの部下たちに叫ぶ。

「お前らの負けだ！　これ以上恥を晒す前にさっさと大将を回収して、俺たちに二度と関わるな！　いいな！」

「やめろ！　認めない！　オレは認めない！　こんなゴミに……！　こんなゴミ虫に……！」

勝負ありだな。こいつはもう、俺に二度と関わってはこないだろう。

完全に『殺した』。

俺は足掻くヤモリを放置して、ミーアたちの方に駆け寄る。

「三人とも、お疲れ」

と声をかけると、三人から歓声が上がった。

エピローグ

EPILOGUE

「宴《うたげ》じゃあああああ!!」

「「「「うおおおおおおおお!!」」」」

ボタンの声と同時に、男たちが歓声を上げる。

お酒と肉の香りが室内に充満していた。まさにお祭り騒ぎといった様子である。

「たっく……銃で撃たれたってのに、男どもは平気そうだな」

「ガハハ！　妾の部下を舐めてもらっては困るぞ！　銃くらいで寝込むわけがなかろうて！」

「普通は何ヶ月か寝込むだろ……」

「舐めるな！　妾の部下はのぉ！　強くてたくましくて、妾が宴と言ったら宴に参加するのじゃ！」

「お前、それ強制的に参加させてねえか!?」

動揺しながら聞くと、ボタンはケラケラと笑う。

心底楽しそうにしている様子だ。

いや、全然笑えねえよ。

「おい。まさか妾を最低な人間だと思っておるのか？」

「ええ……まあ……ええと……」

「部下たち！　元気かぁぁぁぁぁ!?」

のだろう。

全く、彼らは本当に元気だ。

ヤバい土地だって言われているこの場所で、こうも統率できているのはボタンの力があってこそな
「ほらの？」

「「元気ぃぃぃぃぃぃぃ!!!!」」


「でもよぉ、少しは休ませた方がよかったんじゃないのか？」

「いいのじゃよ！　妾、わがままを言ってもよいからの！　そういうキャラじゃから！」

「……ああ、俺が悪いな。助言するんじゃなかった」

まあいいや。全員が満足そうだし、これに口出しするのもおかしな話だろう。

俺は空いたコップにオレンジジュースを注いで、ぐびっと飲み干す。

ふと離れた机の方を一瞥すると、ミーアたちが騒いでいるのが見えた。

「ごはんだぁぁぁ!!」

「疲れた体に沁みますね！」

「美味しいわね！」

三人も幸せそうだし、深く考えるのはやめよう。

にしても、あいつら男どもとよく騒いでるなぁ。

あまりそういうキャラじゃなかった気がするんだけど、意外といけるのか。いや、それともこの空間がお祭り騒ぎ状態だから、ノリに乗っているだけか。

「お主、酒は飲むか？」

なんて考えていると、隣に座っているボタンが話しかけてくる。

「酒は飲まないかな。俺、苦手なんだ」

「なんじゃノリが悪いの。そういうやつは嫌われるぞ」

そう言いながら、ボタンが大ジョッキを片手にぐびぐびと麦色の液体を飲んでいく。

「悪いな——って、お前何でお酒飲んでんだよ⁉　お前確か十五歳だったろ⁉」

お酒はこの国では十八歳からと法律で決まっている。

未成年はもちろん、お酒は飲んではいけない決まりだ。

「妾の村では年齢不問！　何歳からでも飲んでよいぞ！」

「いや、ダメだから！　お前馬鹿かよ！」

「ああ！　妾のお酒！」

俺は慌ててお酒を取り上げて、ボタンを叱責する。

こいつ……本当に自由にもほどがあるだろ。

「お前な、村の長だからこそルールってのは守らないといけないものなんだからよ」

「……面倒なやつじゃの」

「おいお前、小声でなんて言った」

「面倒なやつじゃの！」

「大声で言うなよ！　そう聞かれたらさ、せめて何でもないですくらい言えよ！」

「何でもないのじゃ！」

「遅えよ！」

俺は半ばボタンと喧嘩になりそうな状態になっていた。

やっぱりこいつは一度反省してもらわないといけないかもしれない。

「このお酒は没収！　ちょっとそこのお前、この大ジョッキを預ける」

俺は近場にいた男に声をかけ、大ジョッキを押しつけようとする。

「悪いな。オレは男に渡される酒は飲まないんだ」

「ボタンの飲みかけだ」

「ありがたくいただくぜ！　ありがとよスレイさんよぉ!!」

鼻歌交じりに仲間のもとへと去っていく男を、遠い目で眺めていた。

「おいお主。妾を売ったな」

「売ってない。俺はただお酒を押しつけただけだ」

「お主!!　お酒渡す時、『ボタンの飲みかけ』って言ったじゃろ！　これは妾を売ったと言っても過言ではない！」

「過言だ」

「なんじゃとお主！　妾に喧嘩を売ったな!?　買ってやるのじゃこの野郎！」

「のじゃああああ!!」と叫びながら、こちらに拳を向けてくるボタンをよしよししながら、俺はジュースを飲む。

なんならお酒を捨てずに処分してあげただけ感謝してほしいくらいなんだがな。

「ヒャッハー！　最高だぁぁぁぁ！」

「へへへ!!　美味しいですぅぅ!!」

「……うう!!　我慢できないわ!!　叫ぶわよぉぉぉ!!」

「は……？」

背後からミーアたちの叫び声が聞こえたので、おそるおそる振り返ってみる。

すると、三人は机の上に立ってゲラゲラと笑っていた。

あんな妙なテンション、普段のあいつらは絶対にならない。

よく三人の顔を見てみると、若干赤くなっているように見えた。

「なあ……ボタン。お前、ミーアたちに飲み物渡してたよな？」

「渡したぞ？」

「それ、何入れた？」

「りんごジュース」

「詳細を教えてくれる？」

「アルコール度数十パーセントくらいのりんごジュース」

「それりんごジュースじゃねえから！　カクテルだから！　お前馬鹿だろ！」

「てへぺろなのじゃ」

言って、ウィンクをしてくる。

「ミーア、イヴ、レイレイ！　お前ら大丈夫か⁉」

慌てて駆け寄ると、ミーアたちが俺に向かって手を振ってくる。

「今更清楚系少女感出しても遅いから！　おい！

「うふ！」

「可愛くねぇよ！」

「あ！　スレイだぁ！」

「スレイさーん！」

「元気してるー？」

「おいおい……本気で酔ってるのかお前ら……」

俺は心配しながら、彼女たちの前にある机に目を移す。

そこには、お酒が数本空けられている痕跡《こんせき》があった。

しかも瓶である。なかなかに量があるやつを数本。

「ボタン！　お前なぁ！」

「ガハハ！　許せ！」

「……はぁ。たっく、三人とも本当に大丈夫か？」

尋ねてみても、三人は笑顔のままである。

ずっとニコニコしてる。

まあ、大丈夫そうだな。悪酔いはしてなさそうだ。

「でも酒は没収だ。三人は俺と一緒にジュースを飲もうな」

「えへへ！　スレイと一緒の飲み物なら飲む！」

ミーアは素直に頷いて、俺が左手に持っていたジュースの瓶を嬉しそうに持つ。

しかし残り二人は違った。

俺が右手に持っているコップをじっと見据えていた。

「スレイさんの飲みかけ、貰っていいですかぁ？」

「ちょっとレイレイ！　スレイの飲みかけはあたしの！」

「二人とも……何言ってんだ？」

困惑である。

レイレイとイヴは完全に酔いが回っているようだ。

「うわ！　マジで取ろうとするな！」

「ああ！　背伸びされると届きません～！」

「酷い！」

本気で取ろうとする二人に抵抗して、俺は必死に背伸びをする。

ミーアみたいに素直にジュースを飲んでくれたら助かるんだけど……。

「ううぅぅぅっ！　魔法っ！　発動ぅ！」

「はっ!?」

レイレイが俺のコップに向かって、手を伸ばす。

利那、俺の手のひらからコップは離れ、レイレイの手のひらにこつんと落下した。

「えへへ～。いただきまーす。ごくごく」

「ずるい！」

……別にいいや。彼女たちが楽しいなら俺はそれでいいってことにしよう。

俺は嘆息しながら自分の席に戻り、近くにある肉を手に取る。

隣に座っているボタンは、満足そうに俺の顔を覗いてきた。

「どうじゃ？　楽しいじゃろ？」

「……悪くない。ただ、相変わらずお前は面倒事を持ってくるのな」

「それが妾じゃからの！」

言って、ボタンは中ジョッキに口をつけていた。サイズが変わったらいいってわけじゃないんだよなぁ。

彼女はごくごくと飲み干した後、楽しげにこちらに顔を向ける。

「どうじゃ？　ヤモリを追っ払って手に入れた、自由ってやつは」

「うーん。そうだな。あんま実感が湧かないというか、自由って何をしたらいいんだろうって」

なんせ、自由なんてものは今まで体験したことがなかったからだ。

そんな自分に、突然自由を宣告されても何をすればいいのか分からない。

俺がそんなことをぼやくと、ボタンは指を弾く。

「簡単なものよ。聞けばいいじゃろ」

ない胸を張って、自信満々なボタン。

「聞く？　誰に」

「お主の後ろで構えてる娘らに」

「え？」

ボタンが指さす方向を見ると、ミーアたちの姿があった。

満面の笑みで俺のことを見てきている。

しかし、若干様子がおかしい。

なんというか、いつものみんなじゃないというか……。

「スレイの温もりが恋しくなった！」

「わたしもぉ！」

「スレイはあたしの！」

そう言いながら、俺に向かって体当たりをかましてきた。

この子たちは魔族。そんな子たちがお酒の力によってリミッターが解除されたらどうなるか。

俺は簡単に地面に押し倒される。

「スレイスレイスレイ!!」

「スレイさんんんん!!」

「スレイィィィィ!!」

やばい……こいつらめちゃくちゃ酒臭い。

「やめ……お前ら……退《ど》け……！」

「退かない！」

「退きません！」

「退かないわよ！」

「お、おい……！　ちょ、ボタン……！」

俺はどうにかボタンに助けを求めようとする。

が、彼女は満面の笑みでお酒を飲みながら、俺にグッドサインを送るだけだった。

絶対後日しばく。

◆

「すっごいよスレイ！　記憶が全くない！」

「あの、わたし何かしませんでした？」

「ねえ……あたしも記憶が全くないんだけど」

宴が終わり、俺たちは横に並びながら森の中を歩き、帰路についていた。

悪酔いはしなかったようで、体調は崩していないようだが記憶が完全に消えているようだ。

「記憶がないいんだったら、それでいいと思う。とりあえず二度と酒を飲むな」

俺は半ば呆れながら、三人を引き連れて歩く。

全く、ボタンも問題だがこの子たちも問題だ。

一口飲めばお酒ってことくらい判断できるだろうに……。

「眩しいぃぃ」

「そうだな。もう、朝だ」

空は明るくなっていた。宴は見事徹夜で行われたため、朝帰りとなったわけである。

木の葉の隙間から覗く太陽が眩しくて、俺も目を細める。

朝日を眺めていると、急に体の力が抜ける。

終わったんだな。あの夜を、乗り越えることができたんだなと実感する。

そんなことを考えていると、ふとボタンが言っていたことを思い出す。

ミーアたちに聞いてみろ、か。

頬をかく。

少し気恥ずかしさを覚えながらも、一つこほんと咳払いした。

「なあ、お前ら。これで俺たちは自由になったわけだ」

軽い足取りで歩きながら、ぼそりと呟く。

ミーアたちを一瞥する。

すると、俺が言いたいことを察したのだろうか。嬉しそうにして、こちらに抱きついてきた。

なんだか幸せな気持ちになりながら、俺は言う。

自由。

その問いに対する答えを、彼女たちから聞くために。

「今日は何をしようか」

《了》

あとがき

初めまして、作者の夜分長文です。

この度は『奴隷商人』をお手にとっていただき、ありがとうございました。

本作は小説では珍しい共著作！　原案がはにゅう先生、本文を書いたのが夜分長文になります。

私は、はにゅう先生の大ファンでして今でも中学時代に「絶対書籍化作家になる！」と宣言したのを覚えています。それから四年後。今こうして一緒にお仕事ができている現実が少し不思議で、そして嬉しくて仕方がありません。

さて、これ以上はにゅう先生のことを熱く語ってしまうとご本人様からNGが出てしまうかもしれないので、本作品について熱く語らせていただきます。

もちろんネタバレはありません。あとがきから読む派の読者様にも大丈夫な安心設計で進めさせていただきます。

本作は明るく元気な獣人種ミーアとツンデレ吸血鬼であるイヴやおどおど系のレイレイ、そしてロリババア系なボタンといった魅力的なヒロインたちと楽しく愉快な生活を送るタイプの、スローライフモノのお話になります。

ちなみにボタンはあくまでロリババア系です。彼女はピチピチの十五歳になります。

そんな愉快な仲間たちと一緒に生活する主人公スレイくんはどうなってしまうのか。

あとがきから読む派の皆様へ、ご期待ください。あとがきは最後に読む派の皆様へ、いかがだったでしょうか。

　さて、そんな愉快な『奴隷商人』ですが実は漫画化も決定しております！　漫画を担当いただくのはもっつん＊先生！　本当にすごい先生でして、原稿が届く度にあまりの感動で震えております。そして、漫画家様の名前を見て「おや？」となった方もいらっしゃるかと思います。そうなのです、もっつん＊先生は小説版のイラストも担当してくださっているのです。つまり二刀流……すごすぎる。ぜひぜひ、もっつん＊先生の美麗なイラストを漫画でも小説でも体験してください！

　最後に謝辞を。

　本作品の書籍化を打診してくださったK様。数ある小説の中から本作品を選んでくださり、ありがとうございます。打診をいただいた日の興奮は未だに忘れられません。

　ご迷惑をおかけした担当O様。ここまで仕上げることができたのも、担当様の力があったからこそです。本当にお世話になってばかりで、感謝してもしきれません。

　素敵なイラストを描いてくださったもっつん＊先生。キャラクターデザインから漫画まで、全てがハイクオリティで、拝見する度にテンションが上がっております。

　憧れの作家様であり、原案を担当してくださったH先生。一人のファンであった私と一緒にお仕事をしてくださり、ありがとうございます。本当に夢のようです。

　そして、本作品をご購入くださった読者の皆様へ最大級の感謝を。

　これからも応援していただけると嬉しいです。また皆様と出会えることを願って。

夜分長文

零細奴隷商人、一人も奴隷が売れなかったので売れ残り少女たちと辺境でスローライフをする１
～毎日優しく接していたら、いつの間にか勝手に魔物を狩るようになってきた。え、この子たち最強種の魔族だったの？～

発 行
2023年8月9日 初版発行

著 者
原案：はにゅう
著 ：夜分長文

発行人
山崎 篤

発行・発売
株式会社一二三書房
〒101-0003 東京都千代田区一ツ橋 2-4-3 光文恒産ビル
03-3265-1881

編集協力
株式会社パルプライド

印 刷
中央精版印刷株式会社

作品の感想、ファンレターをお待ちしております。
〒101-0003 東京都千代田区一ツ橋 2-4-3 光文恒産ビル
株式会社一二三書房
はにゅう 先生／夜分長文 先生／もっつん* 先生

Printed in Japan, ISBN 978-4-8242-0008-2 C0093
※本書は小説投稿サイト「小説家になろう」（https://syosetu.com/）に
掲載された作品を加筆修正し書籍化したものです。